La Mafia en Nueva York

HISTORIA SATÍRICA

ALBERTO JULIÁN PÉREZ

Ediciones Riseñor

2da. Edición corregida
1era. Edición Latinoamericana Editores, Lima, 1988

ISBN: 978-0-9860-8394-5 (sc)
ISBN: 978-0-9860-8395-2 (e)

Rev. 2/24/2016

Ediciones Riseñor
Lubbock, TX
2016

Prólogo

Querido lector:

La Mafia en Nueva York es una historia ficticia de la Mafia. Me he documentado sobre el tema lo mejor posible y procuré ser fiel a las convenciones del género. Describo los hechos tal como imaginariamente sucedieron. Centro la narración en sus dos personajes protagónicos.

Cuento cómo el capo siciliano Giuliano Pomponio, acompañado de su consejero Aristóteles Fascioso, armó un ejército e invadió Nueva York, y las luchas cruentas que tuvieron contra las familias que dominaban la ciudad para conquistarla. Gracias a su heroísmo se impusieron en la guerra civil y pudieron implementar sus ideas, reformar la vieja institución mafiosa y transformar el mundo americano a su imagen y semejanza.

El lector se divertirá con los desencuentros de estos coloridos inmigrantes en la nueva cultura, y con los conflictos tragicómicos de las familias. La comedia heroica de la Mafia muestra en un espejo deformado a la sociedad americana de su época.

Estos mafiosos prometen hacer reír a sus lectores.

Alberto Julián Pérez

os films de Hollywood, las series de televisión y la imaginación de la industria de los "best sellers" habrán instruido parcialmente a mi lector sobre la Mafia o Maffia, esa organización de criminales coloridos, ese mundo del hampa desvergonzado y carnavalesco, cuyos asesinatos tragicómicos suelen ocupar la primera página de los periódicos populares, deleitando a los infantiles consumidores de noticias policiales. Quizá no resulte superfluo completar esa información poco rigurosa con algunos datos históricos y filológicos para mejor informar a mi lector. El vocablo "maffia" es de etimología incierta; Dante Novacco, en *Inchiesta sulla Maffia*, dice que deriva del toscano "maffia", que significa miseria; Guido Montalbano, en *Brigantaggio e Maffia nella società Siciliana,* considera que proviene del francés "mauvais" (malo); Rita Candida en *Questa Maffia* argumenta que procede del árabe "mahyah" (vanagloria); el *Dizionario siciliano-italiano* no lo registra antes de su edición de 1888… y explica que, en su uso más común, significa fanfarronada o descaro, y sirve además…"para designar a una organización secreta de malhechores dedicados a la extorsión de pequeños propietarios y comerciantes…".

El origen de esta organización, la Mafia o Maffia, parece ser muy antiguo. Guido Montalbano sostiene que surgió en el Medioevo, cuando los señores feudales y los latifundistas de la empobrecida campaña siciliana se unieron para extorsionar a los campesinos, obligándolos a entregar un porcentaje de sus granos a cambio de una supuesta protección

1

contra enemigos y bandidos. Estos señores feudales mantenían pequeños ejércitos y frecuentemente guerreaban entre sí como consecuencia de inacabables rencillas. Los campesinos los llamaban los "capos" y pronto formaron una intrincada red local en defensa mutua de sus intereses.

Este estado de cosas se mantuvo sin mayores cambios por varias centurias, hasta el advenimiento de la burguesía al poder en Europa, a fines del siglo XVIII. La Maffia era una organización de base nobiliaria y durante el siglo XIX usó su influencia, primero, contra la invasión napoleónica a Sicilia, empleando espías y movilizando a los campesinos para obstaculizar el avance del enemigo, y luego, en la Revolución de 1848, cuando muchos campesinos se rebelaron contra sus señores, operaron como intermediarios entre ambos grupos. En 1860 la Maffia apoyó la causa de Garibaldi y sacó provecho de las luchas de emancipación.

La "cosche nostre", o "la cosche di Maffia", como se la denomina en dialecto siciliano, estaba dirigida por un capo-maffia que residía por lo general en Palermo y la principal fuente de ingresos de la organización era el producto de las extorsiones al campesinado. Secundaban al capo-maffia en sus funciones varias otras personas consideradas prominentes, por su valentía o por su astucia o en razón de su edad. Estos maffiosi por lo general eran pequeños comerciantes y mantenían su filiación en secreto. Bajo su mando operaban diez o doce jóvenes, llamados "piciotti", deseosos de imitar a los bandidos más renombrados.

La cosche nostre buscaba prestigio y trataba de mantenerse lejos del brazo de la justicia. A fines del siglo XIX sus extorsiones eran bastante moderadas, se limitaban a pedir de sus protegidos un cinco por ciento del producto. Si estos no obedecían, una carta anónima, un escopetazo en una ventana de la casa, eran el primer aviso; luego lo seguían la matanza de los animales, la destrucción de los sembrados, la quema de los negocios y, por último, en orden de importancia, el secuestro del desobediente. Si por el contrario, el cliente accedía a sus demandas, gozaba de inmediata seguridad y protección, y la cosche le aseguraba mano de obra barata en la cosecha y la supresión inmediata de cualquier huelga o rebelión. El apoyo que daba la Maffia era un sustituto de la "protección" que los grandes señores prometían a sus súbditos, una especie de daño menor que evitaba el daño más grave.

Como tantas otras instituciones históricas la Maffia tuvo que modernizarse. A principios del siglo XX expandió el dominio que ejercía sobre la sociedad agrícola, tratando de alcanzar un poder ramificado dentro de diversas actividades productivas, especialmente en el comercio y en la industria de la construcción. Comprendió que para competir con otras organizaciones tenía que ampliar sus operaciones, y abrir centros en ciudades de Italia alejadas del territorio que controlaba, y en el extranjero.

Su principal mercado mundial fue Estados Unidos, en particular la costa Este, y dentro de las ciudades del Este la incomparable Nueva York, en cuyas calles, a la sombra de sus rascacielos de juguete, se libraron coloridas y cinematográficas "batallas" de gangsters, que hicieron las delicias de grandes y chicos. Para ese entonces la Maffia había logrado extender sus actividades a los sectores de "servicio", como la prostitución y el juego, y a actividades comerciales muy dinámicas, como la venta de alcohol y estupefacientes. Estos nuevos intereses dieron lugar a sangrientas luchas internas por el poder entre las bandas de mafiosos, y a vendettas contra los grupos que entraban en conflicto con la Maffia.

La Maffia tuvo sus enemigos. Durante el gobierno fascista de Mussolini, sufrieron, en su misma capital, la ciudad histórica de Palermo, humillantes juicios públicos; fueron encerrados en enormes jaulas, como animales feroces, expuestos a la vergüenza pública, y juzgados y condenados en grupos de ciento cincuenta. Los fascistas aprovecharon la ocasión para liberarse de sus oponentes políticos, acusando a sus enemigos de mafiosos. Avergonzaron así y comprometieron seriamente a los integrantes de esta baja caballería siciliana, que guardaban celosamente su identidad y no querían ser confundidos con vulgares delincuentes políticos. La Maffia tenía un perfecto sentido ético de la familia. Su infalible justicia jamás había necesitado de la colaboración de los tribunales del Estado, ni su derecho consuetudinario había requerido la forma escrita para ser respetado y obedecido por sus miembros.

Lo que más nos llama la atención sobre la Maffia es cómo una secta de malhechores, en su mayoría analfabetos, pudo mantener una organización modelo capaz de competir con el Estado, hasta infiltrar en este sus propios métodos de trabajo. Dejo el problema a los políticos y a los sociólogos, yo no soy ni lo uno ni lo otro. Quiero mostrar cómo el método melodramático de la Maffia se fue apoderando, poco a poco, de los corazones y de la fantasía de sus conciudadanos, y como estos, en su imaginación, transformaron a esos desalmados en héroes míticos y emisarios modernos del mal.

La historia que voy a contar se sitúa alrededor de la década de mil novecientos veinte. Fue una época crítica para el mundo. La banca internacional vivía momentos de gran inestabilidad. En 1929 quebró la Bolsa en el centro capitalista de Wall Street y sobrevino el terrible y destructivo Crack financiero. La crisis económica brindó a la Maffia fuentes adicionales de ingresos y trajo, paradójicamente, una época floreciente para la Omertà norteamericana. En Nueva York ejércitos de desempleadas se dedicaron a la prostitución para atender las necesidades de sus familias y, muchos hombres, cansados de ir de puerta en puerta buscando trabajo, se integraron al comercio ilegal de alcohol, drogas y estupefacientes. La Maffia americana puso su organización, con toda su experiencia y eficacia, al servicio de estos necesitados, y aumentó el monto de los "impuestos" y extorsiones a pequeños y medianos comerciantes para dar trabajo al nuevo personal. Muchos jueces también sacaron partido de la crisis y se hicieron poderosos cooperando con la Maffia. Esta contaba con conspicuos representantes políticos que la apoyaban. Su método de trabajo resultaba perfectamente compatible con el "American Dream".

Mientras el negocio en América florecía, en la madre patria el gobierno acosaba a la Omertà. El injusto encarcelamiento de padrini y piciotti durante la época de Mussolini decimó sus filas. Sus hombres más experimentados languidecían en prisión. Llegó al poder una nueva camada. Encumbraron a los mafiosos jóvenes que lograron escapar de la persecución, y a aquellos que los embajadores del Duce no pudieron o no quisieron tocar. Unidos por su código del honor soportaron con estoicismo las privaciones y persecuciones, dolidos de que los atacara el

Duce, cuyas ideas respetaban y al que habían tratado en un principio de apoyar.

Entre estos bandidos había un tal Giuliano Pomponio, el héroe de nuestra historia, que se transformó, a la joven edad de cuarenta y dos años, en Capo de la Maffia de Palermo (la Omertà era una institución regida por una gerontocracia y sus capos eran siempre personas ancianas), cargo que automáticamente le daba poder político sobre toda Sicilia. Los capo-maffiossi de las principales localidades de la isla tenían la obligación de consultarlo antes de tomar cualquier decisión de importancia.

El primero que reconoció la autoridad de Giuliano Pomponio a nivel nacional fue el capo-maffia de la ciudad de Catania, Omúnculo Castalgirone, apoyado por los padrini de Acireale, Biancavilla, Paterno y Lentini. Les siguieron las famiglie de Messina, Siracusa, Agrigento, Ragusa, Caltanisetta, Trepani y Marsala. Después se sumó la importante famiglia Empédocle de Monreale, que dominaba la campiña vecina a Palermo y puso sus piciotti al servicio incondicional del nuevo capo. Giuliano Pomponio heredaba el poder del encarcelado y vituperado, el pacificador, Guisseppe Stuppagghiara de Monreale, cuya cosche había dirigido Palermo con mano de hierro por tres generaciones desde 1870.

Giuliano Pomponio, a diferencia de otros capo-maffiossi, que mantenían sus oficios modestos, como almaceneros, dueños de tratorías o zapateros, después de ser elegidos para la suprema magistratura, y se reunían secretamente por las noches con sus sanguinarios piciotti, abandonó su usual trabajo de carbonero con el que se había ganado la vida y se dedicó en forma exclusiva a su puesto directivo. Reconoció que los tiempos habían cambiado, y que los antiguos métodos de trabajo de la Maffia no resultaban suficientes en esos momentos para cuidar los intereses de la Famiglia y cumplir todos los objetivos deseados. De poco servía ya extorsionar a campesinos famélicos y robarle el jornal a los mineros que emergían de sus socavones después de dieciséis horas ininterrumpidas de trabajo. Imitando el histrionismo del Duce, que había reconocido la importancia de comunicarse públicamente con las masas y había encarcelado a sus pares en enormes cárceles públicas, entreteniendo a las muchedumbres que asistían a los juicios, adoptó una imagen comunitaria nueva, se hizo fuerte en público y aterró a sus compatriotas a plena luz del día, imponiendo su autoridad. Utilizó sabiamente la propaganda, valiéndose de la tecnología más moderna de que disponía en su época: la prensa, el correo y la radio.

Pasó por los tres medios noticias conminatorias. Informó que se había constituido la Asociación de Defensa de la Tradición Siciliana, avocada a la protección de la cultura de Sicilia, la preservación del dialecto regional y el estilo de vida local, y que los comerciantes y campesinos de la región debían contribuir con dicha Asociación patriótica pagando un impuesto, para construir "escuelas" y otros centros de promoción de la tradición siciliana. El comunicado, que llevaba la firma de Giuliano Pamponio, mencionaba los muchos servicios que su familia había prestado a la causa de Sicilia, desde la época en que su antepasado Antonino Pomponio, capo de Messina y Palermo, había militado con Garibaldi contra las pestilentes tropas borbónicas invasoras de Italia. Luego, siguiendo el método dramático del Duce, Giuliano organizó una gira por la isla: circuló en un Ford T por todos los caminos, llegó a pueblos y a ciudades, donde anticipaban su visita haciendo una profusa propaganda sobre el arribo del Benemérito. Preparaban estrados para recibirlo en la plaza principal. Desde esas tarimas dirigía a sus compatriotas apasionados discursos de vuelo retórico.

En Messina, Catania y en su natal Palermo, las ciudades más importantes de Sicilia, pagó a altos magistrados de la Iglesia para que, con sus ropas de gala bordadas con hilos de oro, aparecieran junto a él, dando más autoridad a sus discursos. Siempre se presentaba con su infalible consejero, el sabio Aristóteles Fascioso. Este era natural de Aquino, localidad vecina a Nápoles, y hablaba el siciliano con un acento napolitano que podía resultar algo ofensivo para los orgullosos isleños. Sus servicios prestados a la causa, sin embargo, lo hacían digno de honores y confianza.

No todos presentaron sus respetos a Giuliano Pomponio. A pesar de sus sinceros discursos, precedidos por desfiles y bombas de estruendo, transmitidos por altoparlantes ubicados en los postes de la luz y aplaudidos con vehemencia por la concurrencia, hubo aquellos que se atrevieron a dudar de su honestidad y no quisieron contribuir a la causa patriótica de la Asociación de Defensa de la Tradición Siciliana. Pomponio, siguiendo el procedimiento habitual de la cosche, comenzó por enviarles respetuosas notas intimidatorias; luego, dando un paso más, destruyó sembrados, rompió vidrieras, quemó locales; un poco después lanzó escopetazos contra las casas de familia y secuestró a sus hijas púberes y, finalmente, a los más rebeldes, que no se daban por satisfechos con todas estas explicaciones, optó por darles el pasaporte a mejor vida.

Con respecto a este último punto hizo algunas importantes innovaciones en relación a sus antecesores. Estos preferían ocultar los cadáveres de sus enemigos en los descampados o tirarlos al río; Giuliano, en cambio, los abandonaba en la calle principal de la localidad donde habían residido. Introducía siempre en la boca de la víctima un canario, mientras sus predecesores habían utilizado el canario excepcionalmente, para indicar el origen del crimen, cuando se trataba de un soplón. Giuliano adoptó esa "decoración" como una marca propia, siguiendo el consejo del genial Aristóteles. Su maestro le explicó que el canario era un símbolo hermoso de la libertad arrebatada, perfectamente compatible con la sicología social del pueblo siciliano, que amaba el folklore y el color local. Para que todos asociaran el castigo con su persona llevaba en la parte de atrás de su auto una enorme pajarera. Muchos pretendientes a tiranos y falsos dictadores de republiquetas, creo, podrían aprender de la intuición dramática y la habilidad escenográfica de Giuliano.

Pero, ¿quién era realmente Giuliano Pomponio? Mi lector ya conoce algunos detalles de su vida. Para que entienda cabalmente su papel protagónico en el desarrollo de la historia de la Maffia, deberé hacer un breve desvío biográfico. Giuliano Pomponio nació el 22 de diciembre de 1883 en el Hospital de Beneficencia, en la parte vieja de la ciudad de Palermo. El espacio de su nacimiento preanunciaba, creo, su futura grandeza: frente al edificio del Hospital se levantaba la fachada imponente de la Iglesia de San Francisco de Paula y, hacia el otro lado, cruzando la Via della Libertá, se encontraba el Politeama, el antiguo teatro: fe e histrionismo fueron las virtudes que impulsaron su vida.

Su madre, Messalina, una mujer robusta, de pelo rojo y crespo, era hija de Giovanoto Fratuzzi, de Bagheria, que fuera capomaffia entre

1840 y 1860. Siendo ya de edad avanzada, Giovanoto la concibió en una de las visitas que su mujer le hiciera en la cárcel durante el verano de 1858. Su padre, Giussepe Pomponio, era un "omu d'onuri", hijo dilecto de l'omertà, que había servido bien a la cosche Fratellanza, de Favara. Luego de casarse con Messalina Fratuzzi se estableció en la ciudad vieja de Palermo. Allí, en la Via de Santa Agata, en la planta baja de una antigua casa de muros amarillentos y ventanas entrecerradas, tenía un negocio de carbonería. Por lo modesto de su oficio y su asociación con la familia Fratuzzi, muchos pensaban que Giussepe Pomponio era un capo-maffia. Las prolongadas ausencias de la carbonería parecían corroborar esa sospecha. En esos momentos quedaba al frente del negocio su mujer Messalina y, pasados los años, su hijo Giuliano Pio, un joven de baja estatura, cuerpo ancho y robusto, cabeza grande, rostro alargado de caballo, mentón prominente, gruesas cejas y cabellos ensortijados de un negro casi azulado.

Cubierto de hollín, Giuliano pasaba los días acarreando carbón en el negocio de su padre. Para él, la vida no tenía la dignidad del peligro y se aburría mucho. Como no sabía leer, se enteraba por la radio del florecimiento de la "cooperativa" en Norteamérica. Los mafiosos, igual que los antiguos señores medievales, mantenían a sus hijos analfabetos y Giuliano había sido criado de acuerdo a una estricta tradición dinástica; el día que su madre propuso a su marido mandarlo a la escuela, este le dio una tunda a la pobre mujer y luego la revolcó en el hollín para que pagara por su atrevimiento. Luego le explicó que el mezclarse con los hijos de cualquiera llevaría a su hijo a perder el sentimiento del honor y le adormecería el instinto de venganza; lo que hiciera falta saber se resolvía teniendo a su lado un sirviente sabio, un consejero que iluminara su oscuridad mental.

La decisión ética de Giussepe Pomponio persuadió a la obesa Messalina que, como su marido, deseaba que el hijo un día se ocupara de los altos menesteres a los que estaba destinado. El padre se encargó de instruirlo en los negocios de la Hermandad: Giuliano lo acompañaba a algunos de sus viajes en los que el padre daba ejemplos de la caballerosidad de la famiglia; estupros, abigeatos, atentados, matanzas de animales, palizas propinadas a las inocentes víctimas, formaron parte de esta educación informal; dos venganzas, una de ellas mortal, a un bocón, que incluía el correspondiente canario, pueden ser anotadas también en su curriculum.

Semanalmente Giuliano visitaba el prostíbulo principal de Palermo, regenteado por una madrina de su madre, una Fratellanza, emparentada con el capo-maffia Gregorio Fratellanza, de Favara. Caminaba rumbosamente hacia el lugar, siguiendo siempre el mismo itinerario: salía de su casa, que estaba en los fondos de la carbonería sobre la Vía de Santa Agata, pasaba frente al edificio de la Biblioteca Nacional y doblaba por el Corso de Vittorio Emanuele, hasta llegar a la esquina de San José, donde, junto a la Iglesia y frente al edificio de la Universidad, se encontraba el prostíbulo. Se trataba de una casa de cuatro pisos, en los que los dos pisos más bajos estaban dedicados al trabajo sexual y los dos superiores al inquilinato, ocupados por familias que se habían negado a retirarse del lugar. Estas últimas, anticipando los paisajes urbanos del neorrealismo italiano, tenían la costumbre de colgar sus ropas de colores en tendederos que salían de las ventanas. La Zia Fratellanza pronto comprendió que la vida de las familias en los pisos superiores no sólo no perjudicaba su negocio sino que le agregaba color local, y dejó que los niños se hicieran amigos de las mujeres del prostíbulo, que les regalaban caramelos y cannolis y les obsequiaban sciropo de chocolate.

Fuera de estos pocos datos biográficos, nada más conocemos de los años de juventud de Giuliano Pomponio. En apariencia, fue un mafioso que, como muchos otros, siguió con respeto y dedicación las tradiciones de la Famiglia. Un mafioso, viviendo en la más negra ignorancia, define su destino en el momento que encuentra a un consejero capaz de iluminarlo: ese momento le llegó a Giuliano en el año 1922, cuando conoció a Aristóteles Fascioso. Ese encuentro divide la vida de Giuliano Pomponio en dos partes: la de sus primeros años, que transcurren en la ignorancia de sí mismo, y la de Giuliano maduro, consciente de su misión.

El comienzo de esta segunda verdadera historia de Giuliano tuvo lugar cuando, una tarde de primavera, después de salir del prostíbulo, liberado de las incómodas presiones sexuales, vio a un hombre alto y delgado que salía del edificio de la Universidad: era Aristóteles Fascioso.

Aristóteles se aproximó a Giuliano y le preguntó dónde quedaba la Biblioteca Nacional; éste, que la conocía muy bien por pasar frente al edificio cada vez que iba al prostíbulo, se ofreció a acompañarlo; le llamó la atención el aspecto del forastero, que tenía una barba poblada y poco compuesta y hablaba con un acento italiano peninsular muy marcado. Aristóteles le dijo que era napolitano, natural de Aquino y que Nápoles era una provincia cuyas tradiciones históricas no le iban a la zaga a la Sicilia. Transformados de inmediato en amigos, Aristóteles no entró en la biblioteca y Giuliano pudo escuchar su seductora conversación toda esa tarde. Fueron hacia la Cala y caminaron por el Foro Humberto 1ero., apreciando el azul profundo de la Bahía de Palermo sobre el Mar Tirreno.

Al día siguiente Giuliano lo llevó a visitar el valle que rodea la ciudad, la Conca d'Oro. Sobre el horizonte se dibujaban las montañas que encierran la planicie, en la que descansa, junto al mar, la vieja ciudad de Palermo. Allí Aristóteles le explicó a su discípulo el origen de esa ciudad a la que visitaba por primera vez. Le dijo que en un principio había sido una ciudad fenicia, que se extendía al norte y al sur del Corso Vittorio Emanuele; en el siglo V antes de Cristo la habían ocupado los cartagineses; los muros que rodeaban Palermo y que Giuliano veía a diario impidieron a los griegos, que invadieron Sicilia, tomar la ciudad. Los romanos la conquistaron en el año 254 antes de Cristo, después de un largo sitio, durante la Primera Guerra Púnica. Luego, Palermo cayó bajo el poder de los Vándalos; el rey ostrogodo Teodorico rigió la ciudad, que reconquistó el general Belisarius para el Emperador Justiniano en el año 535. Posteriormente, la ciudad fue conquistada por los árabes, que hicieron de ese mismo valle que ellos estaban viendo, la Conca d'Oro, un conjunto de frescos y lujosos jardines. Palermo estuvo también en poder de los Normandos, y recibió inmigración griega, árabe, judía y latina. Sicilia había sido parte del Sacro Imperio Romano Germánico y la dinastía Hohenstaufen nombró a Henrique IV rey de la isla. Luego rigieron la ciudad los franceses, los aragoneses, los virreyes españoles, los saboyanos, los Habsburgo de Austria, los soldados de Napoleón... Palermo había sabido ser heroica: incontables levantamientos marcaban su historia y sus hombres habían luchado en las filas del héroe Garibaldi.

Los primeros habitantes de la isla, los verdaderos sicilianos, fueron los Sicani del Mediterráneo, los Elimi de África y los Siculi, euroasiáticos, de los cuales probablemente descendía Giuliano, a juzgar por su cuerpo grueso, su baja estatura, su cabeza grande de pelo negro y enrulado y su rostro alargado.

Al escuchar este discurso Giuliano sintió que todo había cambiado en su vida; ya tenía ojos y conocía el mundo; la ciudad, esa Palermo de calles sucias y muros en la que había nacido, se llenó de vida y de mitos; de la oscuridad en que vivía pasó a la total iluminación; ese mundo adquirió un significado y tuvo un destino. Había encontrado a su sabio y a su consejero, el hombre que le permitiría conquistar el mundo: Aristóteles Fascioso.

Permítame el lector que le comunique algunos datos biográficos indispensables sobre este hombre singular. Aristóteles Fascioso había nacido en Aquino, provincia de Nápoles, el 12 de marzo de 1875; su padre y su madre eran analfabetos y trabajaban como sirvientes de una familia antigua y noble del lugar; esta familia poseía un castillo y tierras en Rocca Secca y decía descender directamente de la dinastía de los Hohenstaufen, emparentados con Santo Tomás, el Doctor Angélico.

Cuando la Sra. de Fascioso, que era cocinera, se sintió embarazada de su hijo, le informó de la buena nueva a su señor, el Vizconde de Rocca Secca; al nacer el niño la mujer fue a enseñárselo y el Vizconde le agradeció por darle un súbdito más. Colocó en su mano una lira de oro y le preguntó qué nombre le pondría; la mujer no lo había decidido aún y, tomada por sorpresa, señaló un libro que estaba sobre el escritorio de su amo.

- Aristóteles - dijo el Vizconde de Rocca Secca - *Etica a Niccómano*.

La mujer asintió con la cabeza, repitió "Aristóteles" y se pusieron de acuerdo en que el recién nacido se llamaría Aristóteles. El Vizconde le pidió que obtuviera el consentimiento de su esposo, Codorni Fascioso, su jardinero y cochero, quien seguramente no habría de negarse al deseo de su amo.

Aristóteles Fascioso creció en el castillo de Rocca Secca, que distaba cinco kilómetros del pueblo de Aquino; el Vizconde le tomó cierto cariño y puso al hijo de su cocinera y de su jardinero y cochero al cuidado del Abate de Monte Cassino, un hombre senil que había sufrido un ataque de hemiplejia y hablaba con la mitad derecha de la boca. La educación que sufrió Aristóteles fue bastante inusual. Vivía recluido en el castillo, sin otra compañía más que la familia del Vizconde, su padre y madre, de los que era hijo único (su madre había sido estéril hasta que por milagro concibió a Aristóteles cuando contaba con treinta y nueve años), dos viejos sirvientes y, por supuesto, el Abate, dado de baja por su orden Dominicana después que sufriera el ataque de hemiplejia. Se pasaba el día ayudando a sus padres en sus quehaceres y por la noche iba a la celda del Abate para que lo instruyera. El Abate de Monte Cassino le enseñó a leer y a escribir en la lengua del Dante y lo castigaba con una varilla de mimbre, que agitaba con su mano sana, cada vez que Aristóteles hablaba en dialecto napolitano. Luego le enseñó a sumar y a restar y, llegado a ese punto, declaró que su educación básica estaba concluida; de allí en más comenzaría su educación superior: el estudio del latín y la teología. Aristóteles, entonces un niño de nueve años, inició el aprendizaje del latín. No fue fácil: cada vez que se equivocaba en una de las declinaciones el Abate le propinaba cinco varillazos en las nalgas, y, al final de su clase, después de equivocarse varias veces, salía con las nalgas azules y doloridas.

El niño le fue tomando al Abate más y más recelo; su resentimiento le impidió aprender correctamente la lengua imperial, pero su memoria era tan buena que suplía esa deficiencia recitando de memoria párrafos enteros en latín de su libro de texto, la *Summa Theologiae* de Santo Tomás, el notable filósofo escolástico, antepasado del Vizconde, al que el Abate admiraba profundamente.

Su excelente memoria le permitió incursionar en otras lenguas. Era capaz de leer calabrés y siciliano y, valiéndose de un libro de texto, aprendió frases enteras en Inglés, como "How are you?", "I am Mr. Brown", "Today we have a very fine weather", que repetía de memoria, con entonación napolitana, sin saber lo que querían decir. Descubrió en la biblioteca del Abate unos libros de Historia Europea que no le interesaron; sin embargo, se apasionó por el libro de A. Niceforo, *L'Italia barbara contemporanea* y, del mismo autor, *Italiani del Nord e Italiani del Sud*; de C. Bruno, *La Sicilia e la Maffia*; de A. Cutrera, *La*

Maffia e i maffiosi y, del mismo autor, *La mala vita di Palermo*. Estos libros se transformaron en sus obras de cabecera. Siguiendo los métodos de estudio que le inculcara el Abate para el aprendizaje del italiano, subrayaba los libros al leerlos y luego los releía. Estudió minuciosamente los mapas y las fotografías de la ciudad de Palermo, la capital de la Maffia, que aparecían en varias de las obras, y se prometió que cuando fuese grande haría una peregrinación a la ciudad, centro de esa baja caballería. Cuando cumplió doce años su maestro le permitió leer la *Summa Theologiae* en traducción italiana, y pronto se leyó todos los tomos de la *Summa contra Gentiles*, las *Quaestiones disputatae* y la *Catena Aurea*. En una de las paredes de su cuarto, en el castillo de Rocca Secca, colgó un cartel con una frase en latín que había atraído su atención y él, aunque no sabía bien como interpretarla, repetía constantemente. Esta frase abre uno de los libros de la Prima Secundae parte de la *Summa Theologiae* y dice:

> Post actus et passiones, considerandum est de principiis humanorum actuum: et primo, de principiis intrinsecis; secundo, de principiis extrinsecis. Principium intrinsecum est potentia et habitus; sed quia de potentiis in Prima Parte dictum est, nunc restat de habitibus considerandum. Et primo quidem, in generali; secundo vero, de virtutibus et vitiis, et aliis hujusmodi habitibus, qui sunt humanorum actuum principia.
>
> *Summa Theologiae*, I a. 2 ae. 49-54

Otra cosa que le llamaba la atención en la obra del Doctor Angélico era la constante referencia a Aristóteles: le parecía mentira que alguien, con su mismo nombre, hubiese escrito libros famosos. En la biblioteca del Vizconde encontró la *Etica a Niccómano*, el mismo ejemplar que el Vizconde tenía sobre su escritorio cuando su madre le fue a mostrar el bebé recién nacido; Aristóteles lo leyó completo y quedó desilusionado: el nombre del autor figuraba en la cubierta del libro pero no en las páginas del texto; la obra de Santo Tomás, en cambio, citaba a Aristóteles constantemente, lo cual, ante sus ojos, la hacía superior a la de su predecesor. En la obra de Santo Tomás le fascinaba además el carácter regular y simétrico de la construcción sintáctica, la forma en que se repetían los mismos términos hasta formar una secuencia casi musical, como por ejemplo: "Una disposición no es el estado de un objeto en relación a una capacidad, sino el estado de una capacidad en relación a un objeto ...", *Summa Theologiae* , I a. 2 ae. 50, 4.

Sintió gran afinidad con el Santo; el Abate le dijo que el Doctor Angélico había vivido y estudiado durante muchos años en ese mismo castillo. Una vez, siendo ya un muchacho de dieciocho años, alto, delgado, de rostro anguloso, Aristóteles descubrió en un desván del castillo una réplica de un cuadro de Francesco Traini que, según decía el grabado, era copia fiel del original que se encontraba en la Iglesia de Santa Catarina, en Pisa. En el centro del cuadro aparecía representado Santo Tomás, mucho más grande que el resto de las figuras; estaba sentado y sobre sus rodillas se veían los cuatro volúmenes de la *Summa contra Gentiles*; en sus manos tenía *La Santa Biblia*, mostrando la frase: "Veritatem meditabur guttur meum, et labia mea detestabuntur impiur". Por encima del Santo aparecía Cristo en un trono, rodeado de querubines; de su boca salían rayos de luz, uno a cada uno de los maestros de la *Biblia*, que estaban a sus pies: a su izquierda, Moisés, San Juan y San Marcos; a su derecha, San Pablo, San Mateo y San Lucas. Tres rayos llegaban a la cabeza de Santo Tomás, que a su vez recibía un rayo de cada uno de los maestros de la *Biblia*. A la derecha del Santo podía verse a Aristóteles, sosteniendo su *Etica*; a la izquierda, a Platón, con el *Timeo*. Platón y Aristóteles enviaban rayos que penetraban en los oídos del Santo. De los libros del Santo emanaban a su vez rayos que iluminaban a los fieles, agrupados hacia la derecha y hacia la izquierda; en el centro, y por debajo del Santo, estaba Averroes, derribado por la luz de Santo Tomás y con sus *Grandes comentarios* a su lado.

Aristóteles se apoderó del cuadro y se lo llevó a su cuarto; todas las noches se dormía contemplando a Santo Tomás. Una vez vino un fotógrafo al castillo e hizo un daguerrotipo a Aristóteles; este tomó la fotografía y la colocó en el cuadro encima del rostro del Verdadero Aristóteles; luego, tal vez identificándose con el caído, la colocó sobre el rostro de Averroes y allí la pegó. En las paredes de su cuarto no había ninguna otra decoración, excepto una postal con una vista del puerto y la bahía de Palermo, tomada desde el mar.

La juventud de Aristóteles transcurrió sin sobresaltos. Era un hombre soberbio, solitario y de pensamientos omnipotentes. Después que el Abate murió solía representarlo; para esto se ponía su sotana y se paseaba por su cuarto rengueando y hablando con el costado derecho de la boca; luego se sentaba frente a su escritorio y recitaba párrafos en latín de la *Summa Theologiae*. Pasó la Gran Guerra Mundial sin que Aristóteles saliera nunca del castillo de Rocca Secca; sus padres habían muerto y él tenía ya más de cuarenta años; se ganaba la vida sirviendo como mucamo y jardinero al hijo del antiguo Vizconde, dueño de todos los campos de la comarca desde Rocca Secca hasta Aquino. Una noche, en 1921, decidió cambiar de vida; con ojos afiebrados miró la postal amarillenta de Palermo y acarició sus libros sobre la historia de la Maffia, que había leído y releído: *La Sicilia e la Maffia*, *La Maffia e i maffiosi* y *La mala vita di Palermo*. Había transcurrido en Rocca Secca cuarenta y seis años de su vida y, reconociendo que ya no había nada que lo atara a ese lugar, se dispuso a hacer la peregrinación que se había prometido en la infancia: un viaje al centro histórico de la Maffia, la ciudad de Palermo.

En pocos meses tuvo todo listo y a principios de 1922 partió del puerto de Nápoles en el vapor "Pío IX" rumbo a Palermo. Su equipaje era magro: consistía en una muda de ropa, el grabado del cuadro de Traini sobre Santo Tomás y dos libros escogidos: *La Maffia e i maffiosi* de A. Cutrera y un tomo de la Prima Secundae parte de la *Summa Theologiae*, "De habitibus in generali", que le daba lo mismo que cualquiera de los otros tomos, pero que por azar había leído más. Una vez llegado a Palermo se instaló en una pensión frente a la Iglesia de San Francisco de Asís. Una tarde de sol, mientras paseaba por el jardín Garibaldi, trató de citar de memoria unos párrafos de *La mala vita di Palermo*. Había dejado el libro en Rocca Secca y no estaba seguro si la cita era correcta. Se disponía a ir a la Biblioteca Nacional para consultar ese opus cuando el destino quiso que por azar se encontrara con el símbolo y el prototipo de la Maffia: el carbonero Giuliano Pomponio. Ya he referido el mutuo reconocimiento que los dos se brindaron. A partir de ese momento Aristóteles se trasladó a la casa de Giuliano y no solo ganó un amigo sino que además consiguió un empleo, porque Giuliano le dio trabajo en la carbonería. Pero mucho tiempo no habría de pasar sin que esta pareja singular cobrara una nueva identidad y diera que hablar al mundo; separados, hubieran sido para siempre dos individuos incapaces, pusilánimes, incompletos; juntos, emprendieron una de esas revoluciones secretas que pronto infestan a la humanidad.

Aristóteles comprendió que Giuliano, a pesar de su ascendencia, no conocía la historia de la Maffia y es sabido que aquellos que desconocen la historia están condenados a repetir viejos errores. Tampoco había pensado mucho en el sentido simbólico de la institución, en su transcendencia a lo largo de los siglos. Giuliano no sabía leer y no había encontrado, ocupado como estaba en el exigente trabajo de la carbonería, quien pudiera darle información sobre el tema. Aristóteles se propuso educarlo. Por las tardes, después del trabajo, sucios de hollín, salían a caminar por la Conca d'Oro. Imitando, sin saberlo, a los filósofos del Pórtico, el maestro instruía pacientemente a su discípulo sobre la historia y los métodos de la Maffia, sometiéndolo a amenos discursos. Aristóteles aprovechó la oportunidad también para ampliar sus propios conocimientos. Además de repasar las obras clásicas, que ya había leído y releído y que, en gran parte, podía repetir casi de memoria, estudió obras más recientes que encontró en la Biblioteca Nacional de Palermo, en particular el libro de T. Mercadante Carrara, *Forme più gravi o specifiche della delinquenza in Sicilia*, y el informado tratado de V. Sansone y G. Ingrasci, *Sei anni di banditismo in Sicilia. Sguardo storico sul brigantaggio e la Maffia en Sicilia*.

Giuliano Pomponio no comprendió la prédica de Aristóteles en toda su riqueza y complejidad, pero se dio cuenta de que tenía a su lado un gran sabio interesado en labrar su grandeza. Imaginó que su nombre, pasados los años, formaría parte de la leyenda oral de la Maffia, junto al de Aristóteles; esa fantasía fue ya suficiente para que deseara tener la oportunidad de entrar en acción. Tres años transcurrieron de esta manera, de los cuales no han quedado registros. Sabemos que fueron años de diálogo y acción de la puerta de la carbonería para adentro, años de consolidación de la amistad, años de concebir sueños grandiosos y de ambicionar el mundo. Giuliano entendió que su destino no era ser un vulgar picciotte y, guiado por Aristóteles, empezó a ejecutar lentamente su obra. Pasaron de la teoría a la práctica.

Ya conté anteriormente cómo, demostrados sus muchos recursos en el arte de la intimidación, el estupro y el asesinato, Giuliano Pomponio fue escalando posiciones y, a los cuarenta y dos años, lo designaron capo-maffia de la Hermandad. Dio a su jefatura un carácter histriónico y dramático, imitando a Mussolini, y reformó las técnicas de la intimidación y el asesinato, introduciendo el detalle estilístico del canario, colocado vivo en la boca abierta de sus víctimas, antes de que estas adquirieran la rigidez cadavérica. Fundó la Asociación de Defensa de la Tradición Siciliana, con la cual pronto consolidó su poder. Pero tuvo que gobernar en tiempos difíciles.

El Duce celaba el poder regional de la Maffia. Desde aquel día de 1919, en que proclamara la fundación de su Fasci di Combattimento en la Piazza San Sepolcro en Milán, su ascenso había sido irresistible. El rey Vittorio Emmanuele III no pudo detenerlo y, cuando Mussolini ordenó que sus columnas fascistas convergieran en Roma, lo nombró Primer Ministro de Italia. Mussolini se consideraba un Restaurador del orden; las figuras públicas de Europa y Estados Unidos lo creían un genio y un superhombre; los terratenientes, los industriales y el Papa lo apoyaban; los comunistas le temían.

La Maffia se proyectaba como un poder político regional que respondía a sus propios intereses y el Duce la consideró una fuerza disolvente. Consiguió primero encarcelar y humillar al capo di maffia Giussepe Stuppagghiara y a varios de sus padrini, pero la Maffia era una hidra de muchas cabezas. Decidió asestarle lo que él creía sería el golpe de gracia. Su partido introdujo soplones y espías entre los piciotti de la cosche y pronto la Fiscalía General del Estado Italiano acusó a ciento cincuenta coloridos bandidos de extorsión y secuestro. Mussolini pidió que se construyera una gran jaula de dos pisos y diez y ocho metros de largo dentro de la corte; en ella encerraron a los mafiosos y se dispusieron a exhibirlos. El juicio comenzaba a las dos de la tarde; a mediodía la gente de la ciudad ya había ocupado el Jardín Garibaldi frente al Palacio de Justicia, con la esperanza de poder entrar en el recinto. Cuando se abrieron las puertas la ola humana invadió la sala de audiencias y se encontró con el espectáculo humillante de los piciotti grotescamente enjaulados; la injuria despertó gritos de "¡vergogna, vergogna!" en el público, constituido básicamente por los familiares de los acusados y simpatizantes de la causa de la Asociación de Defensa de la Tradición Siciliana.

Ninguno de los enemigos de la Maffia se animó a asistir a la corte. La Maffia, alguien gritó, no tenía enemigos reales. Cuando aparecieron los magistrados de la Corte la multitud prorrumpió en insultos de "¡stronzo!, ¡pezzo di merda!, ¡testa di cazzo!, ¡figlii di puttana!...". Los magistrados llamaron al orden. En el centro del sector destinado al público, rodeados de simpatizantes, estaban sentados varios capomaffiossi. Il Duce había preferido encarcelar a los lugartenientes y a sus hombres de confianza. Había exceptuado de la purga, por esta vez, al poder ejecutivo de la Omertà. Giuliano Pomponio, ubicado en la platea, junto a su consejero y a varios miembros prominentes de la institución, soportó la afrenta con estoicismo.

El Duce no se había dignado a venir personalmente y mandó en su lugar a su amante, Claretta Petacci, en esa época casi una adolescente. La bella Claretta apareció en la sala de audiencias, majestuosamente rodeada de los temidos Camisa Nera, la guardia selecta y escuadrón de choque del Duce. Probaron todos los cargos con testigos falsos, fascistas traídos de Roma, ya que ninguno de los vecinos de Palermo se hubiera atrevido a declarar contra la Maffia. Los ciento cincuenta mafiosos fueron condenados a períodos de entre siete y treinta y nueve años de prisión, sin reducción posible de la condena. La prensa de Roma se hizo eco de la situación y la temida Maffia, durante los tres meses que duró el juicio, se transformó en el hazmerreír de la vida política italiana. Los Camisa Nera desfilaron una noche por el Corso Vittorio Emanuelle, seguidos por muchos campesinos de la región y por pequeños comerciantes, que, creyendo que el Duce había logrado terminar a la Maffia, se sintieron liberados y marcharon levantando el brazo en alto, haciendo el saludo fascista. Portaban una efigie de madera y paja que representaba al capo Giussepe Stuppagghiara y, entre risas, burlas e insultos, la quemaron frente al Palacio de Justicia, donde terminó el desfile.

Giuliano sufrió todo eso con lágrimas en los ojos. ¿Por qué, se preguntará mi lector, un honorable capo di Maffia como él, no distribuía por la ciudad un centenar de canarios, para corregir la falta de solidaridad de sus vecinos? Porque Giuliano no era un mafioso tarambana y atolondrado, y tenía a su lado al genial Aristóteles. En la carbonería, donde ambos amigos vivían modestamente, dedicados a su profesión, Aristóteles pidió resignación a Giuliano Pomponio: se aproximaban nuevos tiempos y los grandes cambios históricos necesitaban grandes soluciones. Basándose en sus investigaciones sobre la Maffia, especialmente el tratado de V. Sansone y G. Ingrasci, *Sei anni di banditismo in Sicilia*, *Sguardo storico sul brigantaggio e la Maffia in Sicilia*, pudo reconocer que lo que había pasado no era sino la punta de un iceberg, y que la Maffia, en sus condiciones actuales de existencia, había sido superada por los tiempos históricos. Mussolini, predijo, era el bandido más genial de todos, sus métodos de persuasión y violencia eran superiores a los de ellos y solo modernizándose y unificando su organización a nivel internacional podrían sobrevivir. Esos eran tiempos difíciles, no se podía pensar en pequeño.

Viendo que su discípulo no quedaba totalmente convencido, Aristóteles improvisó un extraordinario discurso que merece ser transcripto. Cómo alcanzo esa momentánea sabiduría moral y especulativa no lo sé, porque su formación cultural lo autorizaba más a la observación de detalles y la recolección de datos que a la formulación de grandes ideas; su conocimiento filosófico se reducía a la obra teológica de Santo Tomás, a la que no entendía en su contexto teológico, sino que la consideraba un texto secreto y mágico para iniciados, cuya lectura mecánica aseguraba una porción de divinidad. Esa noche su discurso sonó como si lo habitara el alma práctica de un Séneca o un Marco Aurelio, o de sus contemporáneos de la lejana América, John Dewey y William James. Su poder persuasivo fue inmediato.

- Mientras el hombre luche - dijo Aristóteles a Giuliano - y sea productivo y original, se tendrá que enfrentar con muchos "tal vez". Todas las victorias, los hechos de fe y de coraje, se enfrentan con un tal vez...; solamente porque arriesgamos nuestras personas hora tras hora es que podemos vivir. Y con frecuencia muchos resultados dudosos se vuelven verdaderos gracias a nuestra fe. Nosotros tenemos esa fe y gracias a esa fe llegaremos a la victoria y haremos que el mundo sea; pero antes tenemos que armarnos de prudencia y saber esperar. Los hechos del mundo en su diversidad sensible están siempre frente a nosotros y nosotros tratamos de reducir su diversidad, haciéndolos simples. Nosotros poseemos ese genio y cuando llegue el momento, el mundo, de tan simple, nos parecerá un juguete. Pero hay que saber esperar... El hombre, que siente todas las necesidades, unas a continuación de las otras, no admitirá ninguna cosa como equivalente a la vida, excepto la vida en sí, en su totalidad. Las esencias de las cosas están diseminadas en toda la extensión del tiempo y del espacio. La cuestión es encontrar cuál es el tiempo de cada uno y cuál su espacio, para acceder a esa totalidad; y yo te digo, querido Pomponio: tu tiempo aún no ha llegado; Sicilia, la tierra de tus mayores, no es el espacio para tus hazañas... Debemos definir el futuro en congruencia con nuestros poderes espontáneos. Un futuro que no esté en armonía con nuestros poderes íntimos, aniquilará nuestras motivaciones. Frente al Universo, nosotros somos los hacedores. Pequeños como somos, sentiremos que nuestra reacción se adapta a las demandas de la totalidad. Los grandes períodos de expansión deben mostrar que la realidad, esencialmente, simpatiza con los poderes que poseemos. Debemos ir hacia ese sitio donde la realidad coincida con nuestras necesidades: esta realidad que vivimos en Sicilia no es solo amenazante, es mezquina, ignora nuestras necesidades y embota los poderes que poseemos.

Giuliano lo escuchó con el mismo respeto con que una vez Eneas había escuchado la profecía de la Sibila, y sintió que no era su maestro el que hablaba, sino la voz del Destino. Después que terminó su discurso, Aristóteles se quedó un largo rato en silencio, transfigurado, incapaz de articular palabra. Luego...maestro y discípulo se abrazaron llorando y se fueron a dormir.

La noche de Santa Rita, Giuliano reunió a los capo di Maffia de los pueblos aledaños a Palermo en la carbonería. Aparecieron disfrazados de carboneros, con la cara y las manos tiznadas de hollín, para no "provocar" a la envalentonada policía. Eran hombres viejos y gordos, de cuerpos grotescos. Hacían ruidos extraños con la boca, y acompañaban su argumentación con exabruptos y ademanes groseros. El tema de la reunión fue de la máxima importancia. El bajo y rechoncho Giuliano, que acababa de cumplir los cuarenta y seis años, se presentó junto a su reposado consejero, que pasaba los cincuenta. Aristóteles tenía su barba casi completamente blanca y en medio de ese Foro de delincuentes era una presencia respetada y venerable. Cruzó piadosamente las manos y anunció que el Consejo debía mantenerse en estado deliberativo, hasta tanto se llegara a una propuesta que fuera aceptada por todos, como una posible solución a los males que afectaban a la Asociación de Defensa de la Tradición Siciliana, presidida por Giuliano Pomponio. De ese Consejo, afirmó, solo podían salir grandes soluciones, porque la realidad y el honor de la Famiglia ya habían descartado las pequeñas e insignificantes. Todos aceptaron con gruñidos y movimientos de cabeza.

Giuliano y su consejero se retiraron a los fondos de la carbonería y dejaron al resto de los capo-maffiossi discutiendo en la cuadra principal, sentados junto a las pilas de madera carbonizada, bajo la luz amarillenta de una lámpara de kerosene. Los dos amigos se pusieron a reflexionar sobre las opciones que tenían.

- Aristóteles - dijo Giuliano – tengo una propuesta. Creo que puede resolver nuestro problema. Quiero que me digas qué te parece. Debemos extender el poder político de nuestra organización para ganar el terreno perdido. Ya no es suficiente con ser un país: necesitamos ser un imperio. Hoy la familia es atacada en Sicilia, pero progresa y se desarrolla en otras partes del mundo. Por ejemplo, en Norteamérica, Al Capone, sobrino de los Castalgirone de Catania, controla la distribución de licor, el juego y la prostitución en el Medio Oeste norteamericano, y Rómulo Galante dirige las operaciones de la maffia en la costa Este, desde su bunker en Nueva York. Galante es primo de mi madre, una Fratuzzi. La sobrevivencia de nuestra Famiglia está en peligro y tenemos que unirnos para sobrevivir. Debemos ir a Nueva York y crear allá el Consejo Mundial de Defensa de la Tradición Siciliana, que residirá en la ciudad misma. La organización de América debe aceptar nuestra propuesta, porque ellos, como nosotros, son súbditos de la Famiglia y lo que importa es la defensa de nuestra tradición y la salvación de la Maffia. Hoy a ellos la suerte les sonríe y para nosotros es una época nefasta. Palermo, el centro histórico de nuestro poder, se encuentra amenazado. Transferiremos la cabeza de nuestra organización a Estados Unidos. Quiero que me digas lo que piensas.

Aristóteles escuchó todo el razonamiento de Giuliano muy sorprendido, admirado de los progresos de su discípulo y lo atrevido de su propuesta. No hay nada como el peligro para despertar un entendimiento dormido. Argumentó que ir a Nueva York sería declarar la guerra a los Galante, porque de ninguna manera aceptarían compartir con ellos el poder. Organizarían a sus pistoleros y los recibirían a tiros.

- Lo sé - dijo Giuliano - La cuestión es tener una justificación legítima. No iremos a Nueva York a mendigar, nos armaremos. Será una invasión. Yo personalmente tengo más de un motivo para desear que así sea. Rómulo Galante una vez insultó a mi padre y lo llamó un "administrador deshonesto". ¡Cómo me gustaría vengarme de ese advenedizo!

- Para ir a Nueva York - sentenció Aristóteles - no será suficiente con llevar unos pocos pistoleros: necesitaremos un verdadero ejército.

- Organizaré el ejército más poderoso que haya tenido la Maffia en Sicilia y en quince días Nueva York será nuestra. ¿Qué piensas? - dijo Giuliano, rebosando confianza.

Aristóteles hundió la barbilla entre sus manos y se quedó así por un momento, con gesto preocupado. Luego habló:

- Rómulo Galante no se dejará intimidar fácilmente. ¿Por qué habría de hacerlo? Los sicilianos de Nueva York son valientes y aguerridos, y hoy todo el continente los toma como modelo: el estupro, la intimidación y el robo, según la información que tengo, cada vez más forman parte de la vida de América. Giuliano, te recomiendo que no vayas.

Giuliano se levantó. Confiaba ciegamente en su consejero y esa negativa le resultó inesperada. Fue hacia donde estaba reunido el Consejo y pospuso la reunión hasta el día siguiente. Los capo-maffiossi extendieron unas mantas en el piso de tierra de la carbonería y se dispusieron a dormir. Giuliano fue a su dormitorio y se sentó en el sillón que había pertenecido a su padre. Buscando una solución al problema se quedó dormido. Durante la noche tuvo un sueño; se le apareció un hombre de baja estatura, enorme cabeza y cabello crespo que le habló: era su padre. Estaba envejecido. Giuliano lo reconoció enseguida.

- Hijo - le dijo su padre en el sueño - te veo preocupado. ¿Es que el coraje, tradición de nuestra familia, te está flaqueando? Sabes bien que sin valentía no hay honor y tu eres un Pomponio. Si crees que es necesario invadir Nueva York, ¿por qué dudas? ¿Tienes miedo a los Galante, esos cobardes que escaparon a tiempo a mi venganza? Eres mi hijo y todo hijo debe defender el nombre de su familia. Te ordeno que vayas a Nueva York, vengues mi honor ultrajado y ocupes el lugar que te corresponde en el mundo.

El fantasma de Giussepe Pomponio desapareció y Giuliano, despertando, se incorporó. Extendió sus manos como para abrazar a su padre, pero solo encontró el vacío. Hacía diez años que había muerto y Giuliano quedó profundamente conmovido por la aparición. A la mañana siguiente, muy temprano, llamó a Aristóteles y le contó el sueño.

- ¿Estás seguro de que era tu padre? - indagó Aristóteles.

- Completamente seguro - repuso su discípulo.

- En ese caso - dijo Aristóteles, suspirando - debemos obedecer sus deseos. Lo que vemos en los sueños siempre es verdadero y profético; si él quiere que vayamos a Nueva York, es porque sabe que la suerte estará de nuestro lado. Pero, dada la importancia de una decisión semejante, te pido que me dejes hacer una prueba. A veces podemos tener un falso sueño. Esta noche, me vestiré con tu ropa y me dormiré en el sillón de tu padre; si logro engañar a su fantasma y este, pensando que soy su hijo, se me aparece, le pediré que me repita lo que ordenó anoche; si él lo hace, y sus palabras coinciden con las que tú escuchaste, sabremos que es un auténtico sueño premonitorio. Entonces, el resultado de la invasión estará garantizado y podremos ir a Norteamérica sin ningún temor.

Giuliano asintió, alabando la sagacidad de su consejero. Fueron a despertar a los otros capo-maffiossi que dormían profundamente y les contaron el sueño de Giuliano. Todos se pusieron contentos al oír lo que había pasado, no había nada que idolatraran más que la memoria del padre muerto y sabían que las profecías de los sueños eran infalibles.

Ese día cenaron spaguetti, bebieron vino tinto, y se pusieron a discutir los pormenores de la invasión.

Aristóteles, de acuerdo a lo convenido, se vistió esa noche con la ropa que Giuliano había usado el día anterior. Dada la diferencia de peso y altura, le quedaba muy corta y ancha. Don Giussepe, felizmente, no notó la diferencia, y se le apareció a Aristóteles en el sueño. Este, sin despertar, le pidió por favor que le repitiera lo que le había dicho la noche anterior, y el fantasma repitió todo, palabra por palabra.

A la mañana siguiente Aristóteles confirmó la noticia a su alborozado discípulo y señor. Giuliano llamó a los otros capomaffiossi a reunión y, todos de acuerdo, sesionando en nombre de la Maffia de toda Sicilia, decidieron invadir Nueva York. Se comprometieron a llevar sus mejores hombres, porque, aunque los antepasados muertos estuvieran a favor de ellos, no se podía descuidar la organización bélica. Debían tratar, en lo posible, de preparar fuerzas como para dar una rápida batalla que los dejara de inmediato dueños de la situación. Fijaron como fecha de partida para América el día 25 de junio, en pleno verano, para que fuese mas agradable la travesía en barco. El ejército de la Omertà empezaría a concentrarse en la capital, Palermo, una semana antes, a partir del 17 de junio. Cada uno presentaría hombres y armas en la medida de sus posibilidades, según el poder local que controlaban y las riquezas personales de cada uno. Ninguno escatimaría recursos porque el futuro de la Maffia dependía de este viaje.

Giuliano Pomponio y su consejero Aristóteles calcularon cuál era el tamaño que debía tener la Armada. Concluyeron que harían falta unos cincuenta mil hombres. Alquilaron siete transatlánticos, que zarparían del muelle que da sobre la Via del Molo, en el puerto de Palermo, el 25 de junio de ese año de 1929. Giuliano solicitó a los directivos de la Compañía Reina Victoria, que fletaba los barcos, que incluyera abundante personal femenino, para saciar los deseos sexuales de los forajidos. Como veremos luego, este personal no resultó suficiente, y se repitió la aventura de los soldados espartanos que, en orden de elevar su espíritu guerrero, Grecia educaba en amores prohibidos.

El día 17 de junio llegaron los contingentes de hombres que formarían el ejército de la Maffia a la ciudad de Palermo. Se prepararon para desfilar por el Corso Vittorio Emanuelle y presentar sus armas a su Comandante en Jefe, Giuliano Pomponio.

Los sicilianos ese día iniciaron una serie de festejos que durarían una semana. Giuliano Pomponio hizo levantar un estrado en la Plaza de la Victoria, que miraba a los edificios de la Prefectura, el Obispado y la vecina Catedral. En él instalaron a todos los capo-maffiossi de la isla, tanto los de los pequeños pueblos como los de las ciudades importantes, mostrando sus sentimientos democráticos. Eran aproximadamente unos noventa, casi todos de edad avanzada. En el centro se ubicó Giuliano y, a su lado, Aristóteles. A un costado del estrado sentaron a varios sacerdotes, casi todos traídos de los pueblos del interior; los habían vestido con sus ropas de gala y parecían nuncios apostólicos. En el centro, junto a Giuliano y Aristóteles, en un sillón de terciopelo rojo, sentaron a la Mamma, una anciana de noventa y nueve años que era la mujer más vieja de Palermo, símbolo vivo de la Historia, a quien empolvaban y vestían de gala para las fiestas civiles y religiosas, y exhibían como un talismán, tratando de encender el fervor de la comunidad y su devoción por la tradición. La anciana posaba sobre los notables una mirada extraviada y feliz, y sonreía mostrando sus dientes postizos, que habían sido comprados por el Municipio.

Los primeros que desfilaron fueron los hombres del Capo Máximo, Giuliano Pomponio. Eran cinco mil asesinos seleccionados, vestidos rumbosamente con traje negro a rayas grises, corbata roja, sombrero borsalino y zapatos de charol. En la solapa usaban un clavel verde. Formaban el cuerpo de infantería de choque del ejército e iban armados con fusil automático y pistola calibre cuarenta y cinco. Portaban también armas blancas: una navaja de doble filo en la sobaquera y un cuchillo de caza sujeto a la pantorrilla. Al pasar frente al palco oficial, saludaban a la Mamma, vitoreaban el nombre de su jefe y disparaban sus armas al aire.

Luego presentaron armas los cinco mil hombres enviados por la familia Miragalla, capos de Catania. Vestían con traje cruzado gris oscuro, usaban sombrero ranchero y botines de caña alta. Sus armas eran revólver Colt, cachiporra alargada con clavos en la punta y navaja estilo "barbero" de treinta centímetros de hoja. Estaban entrenados para actuar como grupo de "limpieza", siguiendo al grupo de choque de Palermo. Se destacaban por su ferocidad en la lucha cuerpo a cuerpo. Educados en las peleas callejeras de Catania, su control de las armas blancas era perfecto. A continuación desfilaron cinco mil hombres de Messina, dirigidos por ciento veinte piciotti de la familia Palagonia; iban en mangas de camisa, usaban boina negra y sus armas eran la escopeta de caza, que llevaban cruzada en bandolera, sobre una canana con cartuchos, y el cuchillo de monte en la cintura. Eran conocidos por su carácter indómito y sanguinario en la lucha y los apodaban "los cerriles".

Luego seguían los hombres que representaban a las ciudades menos pobladas del interior: tres mil hombres de Siracusa, dos mil de Marsala, dos mil de Trapani, mil de Caltanisetta y muchos otros mafiosos de ciudades pequeñas, diversamente armados. Habían sido vestidos con traje marrón a rayas claras y sombrero gris. El mismo Giuliano, de su propio peculio, proveyó a cada hombre con su correspondiente uniforme y una pistola Beretta. Demostraba así el favor con que distinguía a las ciudades del interior de la provincia, cuyos recursos económicos eran inferiores a los de las tres grandes ciudades: Palermo, Messina y Catania. Estos hombres sumaban una fuerza de quince mil combatientes. Además de la pistola provista por Giuliano, portaban armas diversas, como escopetas de caza, machetes y hasta garrotes. Unos pocos, los más ricos, llevaban ametralladora.

A continuación desfilaron los veinte mil hombres enviados de los pequeños pueblos de la campaña. Formaban en columnas de ciento cincuenta hombres cada uno. Al frente de cada columna iban dos pisciotti. Vestían las ropas típicas de los campesinos sicilianos: pantalón de pana marrón, camisa blanca, pañuelo amplio de color rojo, boina negra y botas. Llevaban un lazo de seda atado a la cintura y eran expertos ahorcadores y degolladores. Cada uno portaba dos granadas colgando del lazo de seda y en bandolera una escopeta de dos cañones. Algunos tenían fusil máuser. Todos usaban navaja. Estos campesinos conformaban el grupo más heterogéneo e informal. Se los bautizó como "los guerrilleros de la tradición" .

Cada Compañía desfiló frente al palco de la Plaza de la Victoria. Gritaban vivas a la Mamma, que con gesto absorto y estúpido miraba sin entender. Disparaban sus armas al aire. Al pasar frente a la Catedral se descubrían la cabeza y se persignaban, mientras el Obispo de Palermo los saludaba desde el pórtico. El desfile duró tres horas, al cabo de las cuales rompieron la formación y se dispusieron a escuchar la arenga guerrera de Giuliano Pomponio. Se habían colocado altoparlantes en los pastes de la luz y, tanto las tropas como el pueblo reunido, pudieron escuchar el discurso. Giuliano juró que la famiglia Siciliana se vengaría de los réprobos del Nuevo Mundo que pretendían volver la espalda a sus hermanos. Dijo que Rómulo Galante, el capomaffia americano, había sido enemigo de su padre y era por lo tanto su enemigo y enemigo del pueblo siciliano. Lo llamó "testa di cazzo" y "pezzo di merda", y declaró que la Famiglia era una sola y nadie podía atentar contra su unidad.

El Estado italiano los atacaba, sin comprender que ellos, como defensores de la tradición, eran sus mejores aliados. Igual que el Duce, defendían los valores occidentales y cristianos y, sin embargo, Mussolini había encarcelado injustamente a muchos de sus lugartenientes; cuando se diera cuenta de su error ya sería demasiado tarde y, el día que su soberbia lo derribara, ellos estarían muy contentos. Luego sacó del bolsillo de su saco un falso telegrama que había recibido recientemente de Nueva York, en el que Rómulo Galante se burlaba de la Maffia siciliana y les decía "va fa'n culo", los llamaba "morti di fame" y concluía con la oprobiosa sentencia "vati a fer una sega". Esa era la respuesta del jefe de la Maffia americana a la justa solicitud de sus hermanos sicilianos. En ese telegrama Rómulo Galante estaba declarando de hecho la guerra civil y ellos no retrocederían; irían a Nueva York, y si Rómulo no les reconocía sus derechos le darían una lección, porque el mismo énfasis que ellos ponían para proteger los intereses de la Famiglia y defender su honor, lo pondrían para castigar al advenedizo y hacer justicia.

Al concluir, una ovación saludó sus palabras. Después se levantó Aristóteles, tomó el micrófono y recitó en latín uno de los párrafos de la *Summa Theologiae* que sabía de memoria desde su niñez. Nadie entendió el significado de lo que decía (tampoco el mismo Aristóteles), pero, al escuchar el latín ceremonial, todos los mafiosos, a un tiempo, se arrodillaron y persignaron.

De inmediato dieron comienzo a una gran fiesta, en la que se bebió vino Marsala y vino de Agrigento, se comieron toneladas de vermicelli y manicotti, y miles de sfogliatelli y calzoni espolvoreados con azúcar impalpable. Participaron en la fiesta todos los familiares que habían venido a despedir a sus hijos, que partían para América. Algunos habían llegado en carretas tiradas por caballos o bueyes, otros en tílburis y coches de paseo. Los que tenían la suerte de vivir cerca de una estación de ferrocarril, llegaron en tren a la Estación Central de Palermo, sobre la Vía Lincoln. Muchísimos habían emprendido la peregrinación a pie, llevando en la cabeza bultos con los enseres domésticos indispensables para sobrevivir en la travesía y para instalarse en la ciudad; los chicos acompañaban a los adultos y los perros seguían a los chicos; muchos habían traído sus ovejas, cerdos y gallinas, temerosos de dejarlos abandonados por tantos días.

Los familiares de los muchachos se acomodaron generosamente en las calles de la ciudad, en las plazas, en las tratorías; los más viejos fueron hospedados en casas de familia; los que vinieron en carretas formaron grandes círculos al pie de la gran muralla que rodea a la ciudad vieja. En total, a un promedio de ocho familiares por soldado, se calcula que Palermo recibió en esa semana unas cuatrocientas mil personas que, sumadas a los trescientos mil residentes permanentes que tenía en 1929, más que doblaba la cantidad de habitantes de la ciudad.

Giuliano había ordenado almacenar gran cantidad de comestibles y víveres en los galpones de la Estación Central y en la Estación Lolli, sobre todo harina de trigo para los spagetti, los fetucini y los mostaciolli, carne para las albóndigas y el fegato, tomate para el tuco, tocino y cebolla para la carbonara, ajo y berro para la ensalada. Debido a la falta de servicios sanitarios la gente se iba a bañar y lavar la ropa en la Cala, en el puerto de la bahía de Palermo, y tendían estas ropas sobre las rocas de la Ciudadela de Castellammare. Por esos días la Ciudadela se había transformado en un gran conventillo, lleno de chicos jugando a la escondida en sus pasadizos secretos e insultándose en dialecto siciliano en sus oscuras y húmedas mazmorras. El Intendente Municipal, pariente lejano de Giuliano Pomponio (su abuelo paterno, al igual que el padre de Giuliano primero y luego el mismo Giuliano, tenía una carbonería y se le atribuía el invento de la carbonara), plegándose a las festividades, había declarado asueto oficial. Se envió a la policía a proteger el edificio de la cárcel, frente a la vía de los Quatro Venti, por temor de que una insurrección popular espontánea la atacara, abriera sus puertas y la transformara en una nueva Bastilla.

La gente anduvo a sus largas y anchas. Comieron, bebieron, bailaron tarantellas, cantaron canzonettas a voz de cuello, rezaron, fornicaron y fueron desaforadamente felices, como solo se puede ser feliz cuando se está en Palermo, la capital de la Maffia, se es siciliano, se habla en dialecto y se idolatra a la mamma. Palermo, en esos días, fue una gran famiglia que pululó dentro de su propia ley, libre de los cánones extranjeros del estado romano, en un ambiente de burla y de parodia. El domingo, después de la misa, Giuliano Pomponio salió de la Catedral y, en la Plaza du Dome, se bajó los pantalones y mostró el culo a la multitud. La fiesta siguió hasta que el 24 de junio a la noche llegaron al puerto de Palermo los siete transatlánticos, que habrían de partir al día siguiente llevando a los cincuenta mil maffiosos a las costas de Manhattan. De pronto la fiesta terminó y empezaron los abrazos, los llantos, los "cara mamma" y los "figlio mio" y, esa noche, la ciudad no durmió, preparándose para ver zarpar a sus héroes.

Pero algo ocurrió, que demostraría al Ejército Siciliano de la Tradición que su misión a tierra extraña era de hierro y que por encima de ellos había una ley severa. Esa noche, Giuliano, que no se había olvidado de sus responsabilidades durante los magnos festejos populares, tuvo que asumir el papel de juez y hacer justicia. Uno de sus piciotti le comunicó que Carlo Milazzo, capo de la pequeña ciudad de Milazzo, que se había mostrado generoso con la empresa de la Omertà y le entregó a Giuliano quinientos hombres armados, en realidad estaba engañando a la Famiglia de la Maffia, porque entre esos quinientos hombres no figuraba ninguno de sus cinco hijos. El viejo Milazzo los había enviado ahora a las villas aledañas a su pueblo y estaban presionando a muchas de las familias (que, por mandar a todos sus hijos para engrosar la Armada, no tenían suficiente mano de obra para atender los olivares y las viñas) a que vendieran sus campos a precios ínfimos, por lo que, la aparente generosidad de Milazzo, era una trampa para enriquecerse. Indignado, Giuliano llamó a Aristóteles y le pidió que fuera testigo de su justicia. Luego mandó a diez de sus piciotti al pueblo de Milazzo con la orden de traer al viejo con sus cinco hijos.

Tres horas más tarde todos comparecieron en la carbonería de Giuliano y este, después de presentarles los cargos, le preguntó al sagaz anciano si lo que se decía de él era cierto; el viejo, descubierto, optó por confesar con lágrimas en los ojos y se abrazó a las piernas de Giuliano, pidiendo su perdón; dijo que para reparar su falta mandaría a cuatro de sus hijos a Nueva York y que estos lucharían en primera fila para lavar el honor de la familia; le rogó que no escatimara enviarlos a cualquier misión peligrosa porque los Milazzo se habían destacado siempre por su valor; lo único que le pedía era que hiciera una excepción con su hijo mayor, y lo dejara con él para que cuidara de su vejez, ya que estaba muy enfermo y no le quedaba demasiado tiempo por vivir; ofrecía, además, dos de sus campos, que daría desinteresadamente a la causa, para ayudar a pagar los enormes gastos que demandaba la expedición.

Giuliano apoyó el mentón sobre su mano derecha en actitud pensativa y observó al astuto viejo, comprendiendo que lo único que le preocupaba era su hijo mayor, por ser el heredero, y no le importaba sacrificar su dinero ni a sus otros hijos. Dando prueba de un espíritu salomónico, Giuliano aceptó que los hijos mayores se integraran al ejército y rechazó la oferta de los campos, diciendo que las ofensas al honor de la Omertà no se pagaban con dinero y que él era el Capo Máximo y Caudillo de la Maffia y no un vulgar comerciante. Acto seguido, hizo arrodillar al hijo mayor de Carlo Milazzo y lo mandó degollar delante del padre. Se negó a entregar el cadáver al perverso anciano y mandó a sus piciotti que dividieran el cuerpo en dos, cortándolo a lo largo, y expusieran una mitad a cada lado del Corso Vittorio Emanuelle, por donde al día siguiente pasaría el ejército, al marchar hacia el puerto para embarcarse. Así se lo hizo, y se colgó una mitad del cuerpo en la columna del alumbrado delante de la Biblioteca Nacional, y la otra mitad en la acera de enfrente, junto al pórtico de la Iglesia de San Salvador. A la mañana siguiente, el ejército de la Omertà desfiló, vitoreando, camino al embarcadero y fue testigo de la terrible justicia de Giuliano Pomponio. Giuliano, acompañado de Aristóteles y varios capo-maffiossi que viajaban con él, cerró el desfile; iba sentado en el asiento trasero de su Ford T y saludaba con su mano derecha; en el portaequipajes llevaba una enorme pajarera repleta de canarios.

La nave capitana, el "Enrico Carusso", y los otros seis transatlánticos zarparon del puerto de Palermo el 25 de junio a las doce del mediodía. Iban más de siete mil hombres en cada uno de los barcos que, teniendo una capacidad para solo cuatro mil, se hundían hasta más de dos metros por debajo de la línea de flotación, como resultado del peso de los hombres y de los víveres. La muchedumbre los despidió con gritos, vivas y pañuelos desplegados al viento. Un tenor cantó "Oh sole mio" y "Torna a Palermo". Los hombres, con lágrimas en los ojos, escuchaban emocionados los versos de las nostálgicas canzonettas y, poco a poco, vieron desaparecer las fachadas de las casas amarillas y rosadas de la ciudad. Palermo retornó a la normalidad. Los familiares de los soldados se fueron a sus pueblos y ciudades, el Intendente reasumió el poder sobre la comuna y la Iglesia volvió a pensar en la próxima recaudación del diezmo de sus ignorantes y atemorizados feligreses.

Giuliano Pomponio, secundado por su consejero y rodeado de sus guardaespaldas y hombres más fieles, se paró en la proa de la nave capitana, mirando hacia adelante, hacia la lejanía del mar azul, donde la superficie del agua se unía con el horizonte. No se dejó conmover por la despedida. Intuía que otros pueblos, antes del suyo, habían compartido ese destino y que su viaje era también un exilio. Eneas, una vez, salió de la despedazada Troya para fundar un nuevo imperio; ahora, los hijos de la Magna Grecia iban a América. ¡Vaya a saber qué suerte les depararía el futuro, el futuro, que teje y desteje la vida de los hombres! En ese momento, la sobrevivencia de la Omertà estaba por encima de los intereses individuales de cada uno de sus miembros. Pensó en su padre, Giuseppe Pomponio, y en su profecía; pensó en el discurso iluminado del sabio Aristóteles, su tutor y amigo. Todo individuo que tuviera a un hombre como Aristóteles a su lado, podía llegar, en tiempos pasados, a ser rey o emperador, y, en los tiempos modernos, a ser presidente, primer ministro o jefe máximo. La historia nos presenta el caso grandioso de Alejandro Magno, que tuvo por maestro a Aristóteles de Stagira, y cuyo destino fue unir el Occidente con el Oriente. Ahora le tocaba a Giuliano llevar la milenaria cultura siciliana, su ética y su derecho consuetudinario, a las costas de un continente rebelde; si aquel otro fue Magno, no habría de ser menos un Pomponio.

Pronto los hombres se repusieron de la tristeza de la despedida y la vida adquirió un ritmo propio a bordo de las naves. Cada transatlántico era una pequeña y abarrotada Babel, donde los hombres de Palermo convivían con los de Catania, los de Siracusa con los de Agrigento, los de traje a rayas con los de pañuelo rojo y los de traje marrón con los de traje gris. La Empresa Marítima, aceptando las sugerencias de Giuliano, siempre oportunamente aconsejado por Aristóteles, había empleado a prostitutas como personal ayudante de a bordo. Estas sumaban treinta y cinco por cada barco y, como es de imaginar, resultaron insuficientes.

Apenas los guerreros superaron su inicial tristeza, se despertaron en ellos los ímpetus sexuales; las prostitutas no daban abasto y pronto se les sumó otro personal femenino: cocineras, mucamas y enfermeras (unos dicen que lo hicieron por voluntad propia, seducidas por el dinero; otros afirman que fueron violadas por la bárbara turbamulta), pero, así y todo, su número no pasaba de setenta por transatlántico. En la nave capitana ni siquiera respetaron a una vieja cocinera. A la una de la madrugada del primer día de viaje, la cola de los mafiosos aguardando frente a los camarotes donde trabajaban las mujeres se extendía de la primera cubierta a la segunda cubierta, y de la segunda cubierta a la tercera cubierta.

Bajo la luz de la luna los viriles sicilianos esperaban la oportunidad de calmar sus intensos deseos. A las tres de la madrugada las setenta mujeres aún no habían sido capaces de atender a mil quinientos. Y aún faltaban veintinueve días de navegación. Es obvio lo que tenía que pasar: nadie sabe si alguno de los mafiosos, atenaceado por sus fantasías, se empezó a masturbar en la cola, frente a sus compañeros, o si los más osados ofrecieron dinero a los más tímidos para ser masturbados por una mano amiga, la cuestión es que poco a poco en los camarotes y sobre la cubierta se empezaron a ver grupitos de hombres acariciándose. Si todo comenzó por el interés pecuniario, pronto la situación cambió, volviéndose un trueque en que uno masturbaba al otro, por turnos. Ya durante la segunda jornada de navegación los mafiosos se masturbaban a plena luz del día en cualquier sitio de las naves. Al intercambio sucesivo le sucedió el goce simultáneo; el momento del orgasmo era acompañado por abundantes besos y caricias y poco después tuvo que pasar lo inevitable: los más jóvenes primero y los más viejos después empezaron a bajarse los pantalones y al tercer día de navegación los hombres fornicaban entre sí sin la menor vergüenza. Al cuarto día unas parejas se amigaron con otras (porque el sexo había dado lugar a súbitas y fuertes simpatías) y las fiestas privadas se fueron haciendo públicas; se intercambiaban entre sí los amigos y gozaban de las formas más escénicas e impúdicas, con abundantes gritos, exclamaciones groseras y sentencias eróticas, espetadas en grueso dialecto siciliano. Al quinto día todos se habían familiarizado tanto con la situación que ya no se daban cuenta del cambio introducido y tomaban eso por la cosa más natural del mundo (¡así es de versátil la naturaleza humana!).

A partir del tercer día ya las prostitutas habían perdido su clientela. Las encerraron en el gimnasio y declararon el área en cuarentena, como si fueran una peste. Pronto las siguieron las mucamas y cocineras. Las reemplazaron jóvenes mafiosos que conocían bien el oficio.

Todos estos sucesos, por supuesto, trajeron grandes complicaciones y cargos de conciencia a Giuliano Pomponio que, aunque últimamente, al igual que Aristóteles, se mantenía célibe, había sido un gran adicto a los servicios sexuales pagos de las mujeres y consideraba una ofensa personal la indiferencia de sus hombres ante las prostitutas, que él había hecho traer pensando en el bienestar de los muchachos. Apenas se enteró de lo que estaba sucediendo, pensó en infligir un castigo ejemplar a algunos de los hombres tomados por sorpresa en el acto mismo de la penetración. Propuso a Aristóteles castrar a una docena, antes que se corrompiera el resto de la tripulación.

El sabio Aristóteles le dijo sinceramente que no podría cometer un error mayor y, a continuación, le citó varios casos célebres que él conocía de amor entre hombres; le explicó que Napoleón mantenía amores con un subteniente a espaldas de su mujer, que mantenía amores con una camarera; dijo que Garibaldi solía salir por las tardes a pasear a caballo acompañado por un mancebo que iba a la grupa de su cabalgadura; le comentó que Oscar Wilde había preferido ir a la cárcel antes que negar su pasión amorosa por un joven noble londinense. Y aún más importante que todos estos, él conocía un caso histórico en que el amor entre hombres había hecho de una sociedad la más fuerte, estoica y guerrera. Se trataba de los espartanos y la analogía no era gratuita: asediados estos por los ejércitos de Jerjes en las Termópilas, la devoción y el amor mutuo de los guerreros había hecho de cada soldado espartano un invencible; la herida de los amados centuplicaba la fuerza de los amantes, el temor de perder al ser adorado hacía crecer la valentía y el furor de su compañero; así, tres mil espartanos fueron capaces de luchar por tres días contra trescientos mil persas; cuando supieron que no podían vencer tamaño número, no quisieron vivir y dejar al amado muerto o herido en el campo de batalla: así decidieron luchar hasta el último hombre. Antes de morir a manos de los soldados de Jerjes, los tres mil espartanos vencieron en combate y mataron o hirieron a doscientos cincuenta mil persas, y cuando el último cayó ante la asombrada espada enemiga, los persas habían perdido Grecia. Todo esto era verdadero, afirmó Aristóteles, y lo había leído en el libro séptimo de los nueve libros de la historia de un tal Herodoto en la Biblioteca Nacional de Palermo.

Giuliano escuchó con deleite la narración de Aristóteles y se puso a imaginar a sus valientes sicilianos luchando a brazo partido contra los enemigos de Nueva York, corriendo abrazados por los túneles del subterráneo neoyorquino, disparando ráfagas de ametralladora contra los mafiosos americanos, fortalecidos e invencibles por el amor del amigo. La Omertà podía sentirse segura.

Liberados de sus aprehensiones, Giuliano y Aristóteles se pasearon libremente por cubierta, incentivando y haciendo bromas a los más audaces. Pero apenas hubo pasado una semana, el sexo dejó de ser una distracción y un entretenimiento para la feroz armada. Dio lugar a escenas de celos y peleas violentas; la más grave ocurrió en el "Enrico Carusso" cuando un joven de Messina, víctima de un ataque de celos, asesinó a su amante con un cuchillo de cocina. Giuliano, después de un juicio sumario, haciendo gala de su justicia proverbial, mandó arrojar al matador al mar.

Esto aplacó un poco los ánimos revueltos, pero quedaban aún tres semanas de navegación; las aventuras sexuales habían perdido su novedad y no podían mantener ocupados a los inquietos tripulantes. Giuliano comprendió que ese aspecto del viaje había sido pobremente organizado, pero el genial Aristóteles pronto concibió una idea para solucionar la situación. Los días eran largos y las horas de la tarde muertas; Aristóteles consideró qué actividades podían interesar a los sicilianos y ayudarles a ocupar el tiempo libre. Descubrió que en la bodega del barco estaban guardados los instrumentos musicales que utilizaba la orquesta de a bordo cuando la compañía fletaba sus naves para cruceros y viajes de placer. Había instrumentos suficientes como para formar una orquesta de ciento treinta músicos. Mandó a preguntar quiénes sabían tocarlos y pronto se le presentaron cinco mil hombres: había olvidado que los sicilianos eran músicos naturales. Pocos se interesaron en el violín y la viola, preferían los instrumentos de viento. Se peleaban por tocar el fagot o la trompeta; la percusión igualmente tuvo numerosos adeptos y, como había pocos tambores y timbales, los suplementaron con tapas de ollas y cacerolas. Como por milagro aparecieron en el "Enrico Carusso" una docena de acordeones verduleras, así como quince guitarras, que los hombres habían introducido en la bodega de contrabando.

Aristóteles y Giuliano se comunicaron con los capomaffiossi del Alto Mando de la armada por radio y se pusieron de acuerdo en organizar un entretenimiento similar en toda la flota. Esa noche el salón de baile del "Enrico Carusso" brilló como nunca: una orquesta ruidosa de trescientos músicos ejecutó valses, polkas y tarantellas, fox-trot y buggy buggy, tangos y pasacaglias. La coordinación de los instrumentos no era perfecta, pero los hombres hicieron caso omiso a las imperfecciones técnicas de la música y se lanzaron a bailar en el lujoso Salón Imperio. El baile alegre, carnavalesco y seductor renovó los apagados romances. Las canciones más populares, que se repitieron cada noche, fueron "Mamma mia", "Dolorosa e casta", "La sua bocca", "Rosa rossa", "Cullato sull'amaca", "Si spalpa si sgozza".

Giuliano, junto al ingenioso Aristóteles, pasaba las horas en el Salón mirando bailar a sus soldados, mejilla contra mejilla. Fumaba largos cigarros, bebía champagne y se dejaba llevar por el ruido infernal de la orquesta como si fuera la Sinfónica de Roma. No se sabe en cual de los barcos comenzó, pero aproximadamente al tercer día de la segunda semana de navegación se oyó en uno de los salones de baile "I Cried for

You", y a partir de ese momento el heterogéneo repertorio de canciones fue reemplazado por el Blue, creando un ambiente musical perfecto para la travesía a tierra americana. Aparentemente, uno de los mafiosos, que por milagro sabía leer, había traído un cancionero en inglés de letras de Blue. Durante varias noches se oyeron "If You Were Mine", "I Must Have That Man", "Foolin' Myself", "What a Little Moonlight Can Do" y otras hermosas canciones, cantadas por muchachones sicilianos de baja estatura y nariz deformada en un inglés mezclado con dialecto siciliano. Los bailes llenaron la vida espiritual y social de los cincuenta mil maffiosos durante la segunda semana como el amor físico había llenado la vida de la armada en la primera semana. Al llegar la tercera semana, cuando ya habían hecho más de la mitad de la travesía, la vida a bordo volvió a sentirse repetitiva y rutinaria; nuevamente consultado por su amo, Aristóteles tuvo otra idea genial: recomendó el cultivo de las artes culinarias.

La tercera semana fue así dedicada a los banquetes. Aristóteles se encargó de organizarlos. El menú era una síntesis de la cocina de Sicilia, de la cocina de Calabria, de la cocina de Nápoles, de la cocina de Toscana, de la cocina de Sorrento, de la cocina del Messogiorno, de la cocina Friulana, de la cocina de los Abruzzi, de la cocina del Piamonte, de la cocina de Lombardía y de la cocina de la Romagna, y esta cocina patriótica y republicana consistía principalmente en linguini, spaguetti, manicotti, tortelini, ravioli, ravioloni, macaroni, fideo fino, fideo al huevo, fideo a la espinaca, tallarines, moñitos, letritas, ojitos de perdiz, gnoquis, canelones, preparados al tucco, al pesto, a la crema, al oleo, al burro, a la paesana, a la marinara, a la carbonara, a la napolitana, a la sorrentina, a la marsala, a la ragusa, a la licata, a la caltanisseta, a la conca d' oro y a la palermitana. La pasta era acompañada por octopus, filetti di sogliola, merluzzo fresco, gambe di rane, lumache fritte, arrosto di bue, stracotto appetitoso, scaloppine con piselli, polpettone, agnello, spezzatino, maiale, fegato di vitello, pollo, frittata rognosa y por ensaladas de arciofi, fagiolini, carote, cavalfiore, melanzane, finocchi, zucchine, cavolo, aglio, cipolline y pomidoro. Sin embargo, sólo se permitía beber vino de Catania y de Messina, preparado con uva calabresa, pisada por muchachos sicilianos que tenían los pies endurecidos por la roca volcánica del monte Etna.

Giuliano llamó a concurso para organizar un equipo de chefs y, después de probar a los participantes durante cinco horas, en la preparación de fetucchini a la carbonara, tortellini a la piamontesa, cappelletti alla belvedere, costolette d'agnello al burro, spezzatino con cipolline, pollo in umido alla paesana, brodo di bue, uova strapazzate y muchos otros platos, seleccionó a trescientos sesenta y cinco chefs especializados en la cocina italiana, escogidos entre aquellos mafiosos que, secretamente, a espaldas de la mamma, se habían pasado las noches aprendiendo el arte culinario.

Los banquetes empezaban por lo general a las diez de la mañana, inmediatamente después del desayuno. De aperitivo se servían mejillones, langostinos u otros mariscos; luego venían los antipastos, las pastas, las carnes, las verduras, todo bien regado con vino siciliano. Para rematar servían los postres, preparados estos últimos por un maestro pastelero de Catania, que horneaba diariamente sfogliatella, affogato, spumoni, tortoni, lamponi, pasta frolla y amaretti.

Las comilonas en general se dividían en tres actos y estaban animadas por la orquesta de a bordo, que tocaban las piezas que habían sido favorecidas por los mafiosos, especialmente "Rosa Rossa", "La sua boca", "Si spalpa si sgozza" y "I Must Have That Man". Entre acto y acto los sicilianos hacían un alto y, en el intervalo, aquellos que así lo deseaban, podían ir a la borda y vomitar para vaciar el estómago y continuar con los platos del acto siguiente. Los que encontraban la acción de vomitar repulsiva o inconveniente se bajaban los pantalones y apretaban los vientres hinchados contra la borda hasta que les salía del culo un fino hilo de mierda. Después de vaciar el estómago de esta manera regresaban al salón para seguir disfrutando de los manjares. Los banquetes concluían aproximadamente a las nueve horas de haber comenzado. Como a las siete de la tarde los hombres se retiraban a sus camarotes, donde dormían hasta el día siguiente. Se levantaban temprano y se preparaban para continuar las comilonas.

Giuliano y su sabio consejero pasaron por alto estos festejos, así como los anteriores, conformándose con el vicario placer de espectadores.

Aristóteles, además, aprovechó la travesía para releer su biblioteca de clásicos: la *Summa Theologiae*, los *Sei anni di banditismo en Sicilia*, *La Maffia e i maffiosi* y *La mala vita di Palermo* y, como quería ser un consejero modelo, inició la lectura de nuevas obras. Seleccionó en la biblioteca de a bordo y leyó varios libros relacionadas con la aventura que emprendían: *The Maffia in New York* de Frank Catzanzaro; *Maffia, Prostitution and Drugs in the Bowery* de Anthony Kennedy; *Harlem, El Barrio and the Lower East Side* de Juan Antenucci; *Maffia and Jews in Brooklyn* de Marc Reifenberg.

Aprovechó para enseñarle a Giuliano algunas frases en inglés, de las muchas que recordaba de memoria de su época de juventud, cuando, a espaldas del Abate de Monte Cassino, se instruía en esa lengua bárbara. Aquella desobediencia le daría muy buenos servicios. Estudió también unos mapas y fotografías de la isla de Manhattan y dio a su amo una lección sobre la ciudad de Nueva York. Le dijo que Manhattan era uno de los cinco distritos en que se dividía la ciudad. Era su distrito más célebre. Allí estaban Times Square, Broadway, Central Park, Greenwich Village, la famosa Quinta Avenida, The Battery, Gramercy Park y Chelsea. Los otros distritos se encontraban separados del corazón de Nueva York por el East River y el río Hudson. Le describió el puente de Brooklyn, el exclusivo Brooklyn Heights, el puente Queensborough, el aspecto de la desembocadura de los ríos, la composición étnica de los barrios, la vida económica de la ciudad, la altura de los rascacielos de Wall Street, el colorido de Little Italy y Chinatown y el abandono de Harlem, El Barrio, el Lower East Side y otros famosos ghettos neoyorquinos.

Antes de que pudieran darse cuenta, en medio de la animación del viaje, pasó una semana de banquetes y comilonas, como previamente habían transcurrido una semana de orgías pederastas y una semana de bailes carnavalescos, y llegó la última semana de travesía antes de arribar al puerto de Nueva York, la boca del continente americano.

Para esta última semana de viaje, Aristóteles propuso a Giuliano otra de sus ideas. Durante el quinto o sexto día de la semana de comilonas había visto un espectáculo inesperado que le llamó la atención: un grupo de jóvenes mafiosos de Palermo estaba sentado en cubierta, devorando cannolis, pasta frolla y una exquisita crema zabaione, bebiendo amaretto y café capuccino, cuando uno de ellos, un ragazzo alto, bello y afeminado, se paró en medio del grupo y empezó a hacer muecas y apretarse el estómago con ambas manos, contrayendo los músculos de su cuerpo. Todos se rieron. Uno de los mafiosos dijo que el joven iba a parir; tomó un mantel blanco y lo puso sobre el suelo de la cubierta junto al joven; luego envolvió una servilleta en la cabeza del mafioso en trance de dar a luz, que quedó convertido en una bella muchacha. El grupo lo incitaba con chiflidos. El joven se bajó los pantalones e hizo fuerza hasta que defecó.

- ¡Es un machito! - gritó uno.

- ¡Accidenti! – dijo otro, haciendo una morisqueta.

La "feliz mamá" se puso de pie, agotada, envolvió el excremento en el mantel y se lo alcanzó a uno de los del grupo. Se fueron pasando el envoltorio, fingiendo sincera devoción, hasta que uno de ellos, cansado del juego, tiró con desprecio el mantel por la borda. Todos prorrumpieron en gritos de indignación y protesta ante el acto filicida. Aristóteles, en cambio, se restregó las manos y fue a ver a Giuliano.

Esa misma noche Giuliano envió una circular a sus hombres proponiéndoles preparar números dramáticos para ser representados durante la última semana de navegación, a la que él llamó "la semana cómica", aunque Aristóteles prefería referirse a ella como "las saturnales". Los pocos que sabían leer y escribir se encargaron de anotar las ideas de sus compañeros y al día siguiente Aristóteles seleccionó y ordenó los números. Las escenas propuestas fueron muchas y, dado el tiempo que demandaría su representación, tuvo que rechazar gran cantidad, aún cuando hubiera deseado incluirlas por su excelente calidad dramática.

Hizo arreglar el Salón de Baile para que pudiera celebrarse allí el Festival de Teatro. En la pista circular colocaron una tarima de madera de la misma forma, de aproximadamente un metro de alto y doce metros de diámetro, que se transformó en el escenario, y en el salón colocaron sillas para los espectadores. Esa noche, cuando se inauguró el Festival, los mafiosos, que no querían perderse nada, ocuparon, además de las sillas, todos los espacios libres disponibles. El salón tenía capacidad para setecientas cincuenta personas sentadas, pero muchos, por solidaridad con el resto de sus compañeros que también querían estar en la función, aceptaron compartir su silla con algún otro (generalmente el amante o una relación en progreso). Los pasillos y corredores estaban atestados por muchachos que permanecían en cuclillas o se sentaban en el suelo.

Cuando Giuliano y Aristóteles subieron al escenario para decir los discursos inaugurales había en el salón aproximadamente unas mil quinientas personas. Hacía mucho calor y el humo del tabaco volvía la varonil atmósfera casi irrespirable. Aún así, cinco mil quinientos mafiosos se quedaron sin poder entrar al teatro y el exceso de demanda dio lugar a especulaciones; algunos aceptaron renunciar al privilegio de asistir a la Noche Inaugural y cedieron sus sillas a otros a cambio de un cierto precio; parece que hubo quienes perdieron lo que les quedaba de virtud por no perder las representaciones.

Giuliano en persona dijo las palabras iniciales. Aconsejó a sus hombres valor y coraje, como si en lugar del teatro se tratara de la guerra misma. Luego habló el sabio Aristóteles, e hizo un panegírico de las representaciones dramáticas populares. Según podrá apreciar el lector, el entusiasmo de Aristóteles no fue exagerado.

La primera representación fue una parodia: en ella dos mafiosos, uno bajo, robusto y muy feo, que exageraba al actuar sus ademanes groseros, y otro alto, bello y delgado, eran los únicos actores; el primero representaba a Giuliano y el segundo a su consejero áulico Aristóteles. La escena consistía en que "Giuliano" hacía preguntas a "Aristóteles", como por ejemplo: "Dime, sabio amigo, ¿crees que nuestra armada sea invencible?", y el otro respondía en una jerigonza incomprensible, acompañando sus palabras con amplios gestos sacerdotales, supuesta imitación del discurso de Aristóteles, el verdadero, en Palermo, durante el cual, como recordará el lector, había citado párrafos de la *Summa Theologiae* de Santo Tomás en latín. Este recurso sencillo produjo en la audiencia una reacción de total hilaridad; los feroces mafiosos prácticamente se revolcaban de la risa; el mismo Giuliano Pomponio prorrumpió en incontenibles carcajadas, pero a su lado, Aristóteles, permaneció serio, molesto por la broma.

A esta primera representación le siguió una trama de corte trágico: un joven mafioso muy hermoso apareció con el torso desnudo y un mantel blanco envuelto en su cintura a guisa de falda; tenía una servilleta cubriéndole la cabeza; se había fabricado un "collar" con corchos de botellas cortados en pequeñas rodajas y su rostro estaba maquillado; este era "la muchacha". Luego apareció otro mafioso, un poco más viejo y bastante más corpulento que el primero, vestido con traje a rayas y sombrero borsalino; fumaba con boquilla afectando distinción; este segundo hacía de "galán". La representación parecía una imitación de uno de los radioteatros que estaban entonces en boga: la muchacha estaba perdidamente enamorada del hombre que la despreciaba; en un momento el galán la abofeteó; ella se humilló aún más abrazándole las piernas y él la apartó con desprecio. El efecto que esta segunda obra tuvo sobre los espectadores fue conmovedor: todos presenciaron la escena en absoluto silencio y a muchos se les saltaban las lágrimas de los ojos. Cuando terminó, el público, de pie, ovacionó a las actores.

Estas dos primeras obras, la parodia y la tragedia, establecieron el parámetro de lo que habrían de ser las representaciones sucesivas: a las piezas cómicas, les sucedían las tragedias, y a las carcajadas, saludablemente, les seguían las lágrimas. Notoriamente, las piezas más complejas eran las cómicas. Las tragedias eran siempre iguales: rechazos, engaños y crímenes pasionales; amantes brutales y mujeres despreciadas; mujeres traidoras y hombres vengativos: todas terminaban en un necesario baño de sangre. Las comedias mostraron mayor variedad: había monólogos satíricos, poemas y fábulas, cuentos de animales, escenas de sodomía y coprofagia, representaciones de zoofilia (en una de ellas, francamente memorable, trajeron de la bodega del barco una oveja viva; esa oveja no fue sacrificada y las mafiosos la adoptaron como mascota), sermones paródicos, imitaciones y caricaturas, escenas de travestismo y comedias de vida familiar, en que "mammas" enojadas despotricaban, en el lenguaje más grosero y soez, contra su esposo e hijos indolentes.

El festival dramático siguió durante toda esa noche y continuó al día siguiente. Dado que cerca de cinco mil quinientos espectadores quedaban fuera de cada función por falta de espacio, se crearon escenarios alternativos. Los mafiosos, reunidos en grupos, hacían improvisaciones y representaban sus propios libretos en cubierta, en el comedor, en las camarotes y hasta en los baños. Esto se repitió durante las días sucesivos y hubo quienes se jactaron de no haber dormido durante toda la semana.

Una tarde, durante la tercera jornada del festival de teatro, Aristóteles presentó una obra suya. Era un sermón paródico que elogiaba "los métodos de trabajo" de la institución mafiosa. Hacía poco, al releer *La Maffia e i maffiosi*, había encontrado una cita casual del *Elogio de la locura* de Erasmo (supongo que por un desliz o una equivocación de su autor, A. Cutrera, que no es conocido precisamente por su formación humanística). Aristóteles no había leído el libro de Erasmo, ya que, como sabemos, su biblioteca estaba compuesta básicamente por las obras completas de Santo Tomas, su bibliografía selecta sobre la Maffia y los libros que leía en esos momentos sobre la ciudad de Nueva York. Quedó fascinado por el título perfecto del libro, *Elogio de la locura*. Durante el sermón paródico lo repitió a su audiencia de mafiosos, y les gustó tanto que pronto empezaron a usarlo para designar el festival, en lugar de llamarlo "festival dramático", como lo hacía Giuliano, o "las saturnales", como lo denominaba Aristóteles. Estos nombres, por ser muy común el primero y muy extraño el segundo, no habían llegado a popularizarse entre las sicilianos. El "elogio de Ia locura", en cambio, captó su imaginación y su fantasía de inmediato. De ahí en más usaron exclusivamente este nombre para referirse al festival.

Si bien durante las semanas anteriores de navegación: la semana de las orgías pederastas, la de música y baile, y la de las comilonas, Giuliano se mostró en público en pocas ocasiones, la semana de teatro pudo contarlo entre sus más fervientes espectadores. Las parodias que tomaron por tema su jefatura fueron numerosas y, a medida que pasaban los días, las obras se hicieron más complejas y sofisticadas, como si los dramaturgos hubieran aprendido del día anterior. Giuliano experimentaba un placer muy especial al verse representado y regaló a uno de los actores de estas parodias (un hombre que se le parecía extraordinariamente) su propia pistola empavonada, a la que consideraba su única joya. El teatro fue aparentemente lo que lo sacó de la vida de ascetismo que compartía con Aristóteles, aunque sólo por unos días. Ambos preservaban su energía y su talento para emplearlo en causas superiores y en empresas más ambiciosas y dignas de gloria.

A medida que las obras se hacían más complejas, fueron perfeccionando los actores sus técnicas de actuación, y se creó, sin querer, un sistema de estrellato, de manera que la mayoría del público solicitaba la aparición de tal o cual actor según el tipo de obra. Entre estas "estrellas", las más famosas eran las "mujeres", unos pocos muchachones hermosos que habían prácticamente acaparado todos los papeles femeninos y aparecían, fuera de escena, siempre vestidos de mujer y maquillados, seguidos por un séquito de fieles admiradores. Estas divas despertaron la pasión de muchos mafiosos y recibían costosos regalos y fuertes sumas de dinero en efectivo para pasar la noche con algunos de los piciotti más poderosos y ricos. Los "galanes", en cambio, tuvieron un éxito más modesto; suscitaron admiración en el público, pero produjeron una reacción algo negativa al provocar los celos de muchos amantes y la desconfianza de aquellos que tenían miedo de verse reemplazados por el apuesto actor. Entre los "hombres", los verdaderos héroes fueron los actores cómicos: el actor que había representado a Giuliano en memorables escenas paródicas y a quien este obsequiara su pistola, fue coronado con una corona falsa de laurel al terminar el festival.

Las técnicas dramáticas, en general, diferían del modelo naturalista del teatro contemporáneo. Se basaban en la exageración del papel representado. Cultivaban la hipérbole. Las "amantes" salían con el rostro descompuesto, se arrojaban al suelo y se tiraban de los pelos para mostrar sus sentimientos; no tenían ningún pudor en ser montadas por el "galán" en plena escena y sus gritos de placer anunciaban con generosidad el goce que esto les causaba. También jugaban "al gato y al ratón": hacían desear al "hombre" y lo provocaban sexualmente, sin entregarse, hasta que este optaba por la violencia, la perseguía por el escenario, la agarraba brutalmente y la violaba. Esta era una de las escenas preferidas por los mafiosos, que la observaban con melancolía, normalmente abrazados a su pareja, y la consideraban una escena de amor.

Los "hombres" amplificaban la voz, recurriendo a sonidos graves que contrastaban con los chillidos de las "mujeres". El galán favorito era un actor de voz muy grave y potente, que hablaba como si estuviera ronco, y seducía y paralizaba a la audiencia. No colocaron muebles en el escenario, y las "obras", que en un principio nunca pasaban de un acto de quince minutos, se hicieron más largas, hasta que, en el último día del festival del "Elogio de la locura", una obra dramática duró seis horas, con entremeses grotescos intercalados para no cansar al auditorio. Esta última obra fue una representación seria de la pasión de Cristo y, al final de la misma, Aristóteles recitó en latín un párrafo de la *Summa Theologiae*.

Los trajes de los actores se hicieron más sofisticados y lujosos a medida que pasaban los días, y la estrella principal, a la que denominaron "Menipea", hizo de Magdalena en la representación de la *Pasión*, usando un traje bordado con hilos de seda que le había confeccionado con manteles un grupo de mafiosos que conocía el arte de la aguja. Siempre hablaban en dialecto siciliano, que era la lengua oficial en todos los transatlánticos de la flota, y su rusticidad dio un matiz especial a la celebración magna de la *Pasión*.

En esta última semana de viaje, considerando que ya pronto llegarían a Nueva York, Giuliano no perdió el tiempo: además de asistir a las presentaciones teatrales, organizó reuniones con los padrini y piciotti. Les habló de sus planes y proyectos. Dio largos discursos y se mostró cada vez más hábil en el arte rector de la intimidación. Tramó complots políticos para asegurar su supremacía y su poder, y distribuyó espías para mantenerse adecuadamente informado del grado de fidelidad de sus patriotas. Acompañado de Aristóteles, visitó los otros seis barcos. Los padrini y piciotti de la flota habían organizado celebraciones imitando celosamente las de la nave capitana. Sus representaciones, esa semana, competían en esplendor con las del "Enrico Carusso".

El 24 de julio, a mediodía, los siete barcos arribaron a la entrada del puerto de Nueva York, y divisaron, en la rada, la madonna de la Estatua de la Libertad. El intendente de la ciudad, ante el inminente desembarco de la delegación siciliana con sus 50.000 mafiosos, organizó una reunión en el City Hall para tratar el problema. Asistieron a ella los más conspicuos representantes de la moderna Babel: capitalistas, empresarios, políticos, artistas, proxenetas, policías, generales, diputados, senadores y congresales. No invitó a la Mafia local, pero esta tenía sus delegados, listos a defender sus intereses ante la citada Asamblea de Notables.

No es exagerado afirmar que la inminencia del desembarco de los mafiosos de Giuliano Pomponio en América amenazaba cambiar la historia norteamericana. La Mafia, hasta ese momento, había sido una colorida organización regional, integrada por los inmigrantes italianos y sus descendientes. Las agrupaciones mafiosas de las diferentes zonas de Estados Unidos no mantenían entre sí relaciones demasiado amistosas, ni constituían nada que pudiera asemejarlas a una gran corporación. El grupo de Nueva York, junto al de Chicago, por la importancia económica de estas ciudades, controlaban la "política" del resto del país. En Nueva York, los negocios prohibidos de la Mafia competían con el crimen organizado de otras asociaciones de inmigrantes irlandeses, judíos y chinos.

Todas estas organizaciones se regían por valores emanados de la institución familiar y contaban con una serena ética del crimen. Los sicilianos se destacaron por encima de los otros y conquistaron el favor popular, gracias a sus costumbres extravagantes y coloridas, y a su temperamento naturalmente artístico. Sus asesinos eran personajes populares y sus aventuras parecían historias de ficción. Gracias a las historias de la Mafia, los diarios locales aumentaron su circulación. El público las amaba, y hubo épocas en que los neoyorquinos compraban el periódico sólo para enterarse de los pormenores del asesinato en la Trattoria Colombo, o para averiguar la identidad del último cadáver rescatado del Hudson, aún en su pedestal de cemento. La restringida envergadura económica de sus operaciones, sin embargo, amenazaba su supervivencia. El progreso del capitalismo en la época hacía imprescindible la modernización y la adopción de métodos de trabajo más racionales. La Mafia debía crecer y desarrollarse con el gran capital, o sucumbir ante la competencia de otros grupos de criminales.

Giuliano Pomponio, siendo como era un gran intuitivo, se dio cuenta de las limitaciones de la Mafia neoyorquina dirigida por los Galante. Se propuso como objetivo lograr que la organización "creciera" y se hiciera fuerte, desarrollándose a la par del moderno y victorioso capitalismo americano, que había demostrado su eficiencia. Sus actualizados métodos de explotación y persuasión no desdeñaban la guerra, la invasión armada, la intriga política, la aventura colonialista y el asesinato político. La Mafia se identificaba con su ética. Pero había algo que ese capitalismo victorioso no tenía: a pesar de su pujanza, carecía de vivacidad y colorido, le faltaba una estética digna de su grandeza, una moral del robo y del crimen que satisficiera la imaginación de sus ciudadanos, les diera una razón de ser y legitimara el sistema bajo el que vivían. Cuando los siete barcos entraron en la rada, yo creo, ni los mafiosos ni los neoyorquinos interpretaron el valor simbólico y trascendente que tenía ese acto. El Intendente entendió, sin embargo, con lógica americana, que ese desembarco era realmente una invasión y presagiaba la guerra a muerte en el hampa.

Gee H. Thompson, el intendente de Nueva York, era el tipo de hombre que sabía entendérsela con una situación semejante y sacar provecho de ella. Hijo de una familia pobre de inmigrantes escoceses, había sobrevivido la educación de las Escuelas Públicas de la ciudad en el Sur del Bronx; se endureció en las guerras de pandillas contra los negros de Harlem y pronto se hizo soplón; una vez probado su espíritu de vigilante fue aceptado como Oficial de la Policía. Dos años después, cuando contaba con veintisiete años, ya era Comisionado de la Policía del Bronx y militaba en las filas del Partido Demócrata; a los cuarenta años ganó un puesto como Congresal por el Distrito Sur del Bronx. Atacó a los nacientes Sindicatos de Trabajadores, pasó una ordenanza local estableciendo la segregación racial en los comedores escolares y propuso la expulsión de los miembros del Partido Comunista fuera de los limites del Estado de Nueva York. Se preciaba de conocer el hampa "por dentro" e hizo guerra sin cuartel contra el crimen desorganizado hasta que, después de años de lucha, volvió la paz y el crimen pasó a organizarse y establecer sus estructuras libres y democráticas, pagar impuestos y nombrar sus propios representantes. Esa paz trajo gran prosperidad a la ciudad y a los cincuenta y cinco años de edad, Gee H. Thompson, el hombre del Sur del Bronx, aceptó su puesto como Intendente de la ciudad de Nueva York. Sus discursos barrocos, en los que las deformaciones gramaticales florecían naturalmente y se multiplicaban las expresiones en "slang", pasaron a ser un modelo de oratoria Demócrata y otros políticos adoptaron rápidamente su "estilo" para dar una prueba de lo popular de su origen.

Por eso, cuando Gee H. Thompson supo que la flota de la Maffia se acercaba a la ciudad, comprendió que algún provecho podría sacar de ello, se restregó las manos y predijo buenos tiempos. En la reunión de Notables declaró que no debía ser considerada una "invasión", a pesar que la presencia de 50.000 hombres jóvenes armados pudiera resultar inquietante; convenía tomarlo como una "visita"; América, siendo un país democrático, abría sus puertas a todos los inmigrantes que llegaban a sus costas, porque, "a la corta o a la larga", contribuirían con su industria "a la prosperidad general". Convenía que las rencillas que se suscitaran entre los recién llegados y los "grupos locales" fueran resueltas por ellos mismos; las autoridades no podían intervenir en las disputas privadas hasta tanto no hubiera pruebas concretas de delitos cometidos; expresó además su "fe" en que las acciones de los grupos en conflicto no afectaran negativamente los intereses del resto de la comunidad.

Thompson no sabía qué reacción podía provocar en la ciudad el desembarco de los sicilianos; optó por prevenir y propuso dirigir el movimiento de los nuevos "inmigrantes" dentro de la ciudad según la conveniencia del "orden público"; así ordenó, por medio de un decreto, que los sicilianos, en lugar de desembarcar en el puerto del Battery en Manhattan, desembarcaran en el puerto de Brooklyn, y no entraran en Manhattan hasta tanto no satisficieran convenientemente los requisitos legales a determinar por el Gobierno de la ciudad. Comunicaron por radio la orden al Capitán del "Enrico Carusso" y este informó a Giuliano, que se encogió de hombros y consultó a Aristóteles; este, inmutable, sacó un mapa de la ciudad de Nueva York, lo desplegó sobre una mesa y dijo:

- La pérdida no es considerable y desde el punto de vista estético puede tener algunas ventajas. El puerto de Manhattan está prácticamente en Wall Street, el distrito financiero más famoso del capitalismo internacional; alguna vez llegaremos a ese lugar simbólico, por supuesto, pero este no es el momento adecuado; mientras tanto, en Brooklyn - y le indicó a Giuliano el sitio del puerto de Brooklyn en su mapa - estaremos exactamente frente a la isla de Manhattan, el verdadero centro de Nueva York, nos familiarizaremos con el Puente de Brooklyn, famoso por su bella arquitectura y estilo, tendremos una vista panorámica y abarcaremos toda la ciudad.

Las razones de Aristóteles, como era de esperar, le resultaron irrefutables a Giuliano; sus lógicas consideraciones arquitectónicas le parecieron más verosímiles que razones de tipo económico o militar; después de todo ellos eran sicilianos y su revolución era etnocéntrica y costumbrista.

Por la tarde se prepararon para el desembarco. Los transatlánticos se fueron acercando a la costa, y el contorno dentado y de juguete de la ciudad se fue haciendo más y más verdadero y monumental: la línea de rascacielos parecía el perfil de una gran nave de piedra detenida en medio del océano. El Puente de Brooklyn era una carretera curva por encima del East River. En los muelles del puerto los aguardaba una multitud: los italianos de Little Italy, que los recibían con el pabellón verde, blanco y rojo de la querida patria. Una banda tocó el Himno Nacional italiano y después "O sole mio". Giuliano fue el primero en bajar a tierra; Aristóteles lo seguía a unos pocos pasos. Venían luego los hombres que portaban las gigantescas pajareras, símbolo de su poder, y parte indisoluble del estilo personal de Giuliano. Inmediatamente después bajaron de la nave capitana mil hombres de Giuliano vestidos de traje negro y, enseguida, de los otros seis transatlánticos, atracados en la dársena junto al "Enrico Carusso", descendieron el resto de los hombres de Palermo. En segundo término, bajaron los hombres de Catania vestidos de traje gris; luego los de Messina, en mangas de camisa y con boina negra; luego los de Siracusa y varias otras ciudades más pequeñas, vestidos de traje marrón; después los de la campaña, con típicos trajes campesinos. Previsiblemente, ninguno iba armado; como extranjeros necesitarían un permiso especial para portar armas en América.

Los italianos que habían ido a recibirlos prorrumpieron en gritos y en llantos, como si se tratara de sus hijos, y los sicilianos, infantiles y nostálgicos, cayeron en los brazos de las matronas con los ojos bañados de lágrimas, y abrazaron y besaron a los hombres en ambas mejillas, siguiendo la sospechosa tradición siciliana. Tomados del brazo, fueron todos caminando hacia la salida del puerto para, poco a poco, empezar a descubrir América: allí los esperaba una caravana de 16.666 Ford

T, todos de color negro, cada uno con su correspondiente chofer (los choferes, por supuesto, eran policías de civil), respetuosamente enviados por el Señor Intendente a un costo módico (que Giuliano tendría que pagar).

En cada auto subieron tres mafiosos y la caravana se puso en camino. Atravesaron a poca velocidad unas quince calles arboladas de casas bajas, todas exactamente iguales; no vieron gente caminando por las calles, sólo unos pocos automóviles. Giuliano observó sorprendido que las casas eran de madera y parecían de juguete (aún cuando Aristóteles se lo había advertido, eso no disminuyó su sorpresa). Tenían techo de asfalto, imitación teja; pórticos de plástico blanco, imitación mármol; las circundaba un cerco de madera y latón, imitación hierro forjado, y algunas tenían parques de brillante gramilla plástica, imitación césped inglés. Después de cruzar las quince calles, la hilera de autos penetró en un recinto alambrado: era un barrio completo que había sido preparado para albergar a los visitantes sicilianos (algunos sostienen que el Duce, personalmente, había enviado su recomendación al Sr. Thompson para que los "cuidara"). La alambrada que rodeaba el barrio tenía unos tres metros de alto; cada quince metros había un poste de sostén fijado en el suelo y, junto a cada poste, un policía armado con una escopeta Itaka de caño recortado que cuidaba la seguridad de los inmigrantes. Otros policías con perros patrullaban el área. Cuando un amable ruiseñor, que seguramente quería darles la bienvenida, se posó en la alambrada de púas que remataba la cerca y se incendió en medio de chisporroteos, comprendieron que la alambrada estaba electrificada.

Apenas los 50.000 mafiosos hubieron descendido de los autos, los 16.666 Ford T salieron del recinto y los policías cerraron las puertas del barrio. Si bien las casas iguales, en su exterior, parecían de utilería, su interior tenía una apariencia más sólida y real. Algunos accidentes ocurrieron, sin embargo, que les demostraron a los mafiosos que el método industrial americano trabajaba igual por dentro que por fuera. Cuando dos sicilianos se agarraron a trompadas, uno de ellos envió al otro de cabeza contra la pared, con la idea de romperle la cabeza; en su lugar, la que cedió fue la pared, que era de cartón, imitación cemento. Otro de los mafiosos quiso secarse la cara sin apartar de su boca el cigarrillo y la toalla se le incendió en las manos: era de plástico, imitación algodón. Otro, con la intención de fabricar una percha, quiso clavar un clavo apoyando la varilla en la baldosa del suelo y la baldosa se hundió: era de madera terciada, imitación baldosa.

El barrio (que luego, cuando los mafiosos se mudaron de él, fue loteado y conservó el nombre de "Nueva Palermo" o "Villa Olímpica") estaba compuesto de 12.500 casas iguales, cuidadosamente preparadas para recibirlos. Cada casa tenía dos dormitorios, uno con cama matrimonial y el otro con dos camas individuales para los chicos. Cada casa albergaba cuatro mafiosos cómodamente. El moblaje de los dormitorios dio, como es de imaginar, lugar a muchas disputas; se habían formado numerosas parejas como consecuencia de la alegre travesía y todos, por supuesto, querían ocupar la cama matrimonial; dormir en las camas individuales era considerado un deshonor, porque implicaba ser relegados a la posición de "chicos". Hubo peleas, algunas a navajazos, y pronto el "Dispensario" del barrio se vio ocupado con varios casos urgentes de "cesárea". La cantidad de peleas, por suerte, disminuyó cuando, una vez instalados los mafiosos, pudieron salir de visita a las casas de los vecinos y las fiestas y las tertulias hicieron renacer en ellos los sentimientos de hermandad.

A la mañana siguiente, carca del mediodía, se abrieron los portones del barrio y entró un auto blindado que tenía pintada sobre la puerta las siglas C.I.A., seguido de media docena de automóviles repletos de policías armados con fusiles automáticos. Seguramente se habrán sorprendido mucho al ver lo aseados que eran los sicilianos, que a esa hora ya habían lavado la ropa de cama y estaban secando las 50.000 sábanas individuales y las 25.000 sábanas dobles al sol en los patios de césped artificial. Algunos, no se sabe cómo, habían logrado introducir perros en el barrio y los paseaban con sus correspondientes correas (probablemente muchos de los perros hayan venido ocultos en cestas de mimbre durante la travesía, porque los sicilianos son muy apegados a sus animales y no habrán querido desprenderse de ellos); otros se habían reunido en las aceras y las esquinas (los sicilianos, como se sabe, viven más en la calle que en sus casas) y, muy solidarios y pícaros, discutían los pormenores de la noche anterior en suelo americano, que aparentemente no les había cambiado en nada sus hábitos de vida. Estaban vestidos con sus uniformes: unos en traje negro, otros en traje marrón, otros en traje gris, otros en trajes regionales y otros en mangas de camisa. Los grupos hablaban a voz en cuello en su árido dialecto, como es costumbre en Sicilia. Se escuchaba una pululación de voces, acompañadas de interjecciones y "¡va fa'n culo!".

El auto blindado se detuvo frente a la casa de Giuliano Pomponio y de Aristóteles que, a pesar de ser igual al resto de las casas del barrio, las informadas autoridades pudieron identificar perfectamente. Del carro bajaron el Sr. Intendente Thompson, el Jefe de la Policía, tres Oficiales, un intérprete y un taquígrafo. Giuliano los hizo pasar y se sentaron en el living. Los tres Oficiales de la Policía quedaron de pie (luego supieron que no pertenecían a la Policía local sino a la Guardia Nacional): uno de ellos era un negro alto de voz ronca y sobre su camisa tenía escrito el nombre Liutenant Alice White; el otro era muy rubio, con la nariz rojiza, tenía aspecto de irlandés y se llamaba Liutenant Jeff Black y el tercero era un chino muy bajo y delgado llamado Liutenant Teng O'Connor. Como los tres eran Liutenant, Aristóteles creyó que se trataba de un nombre común de familia y se extrañó de la diferencia de razas.

El Intendente les dio la bienvenida y les regaló un aparato de radio. Giuliano se lo agradeció. Hablaban y luego tenían que esperar que el intérprete tradujera del inglés americano al dialecto siciliano y del dialecto siciliano al inglés americano del Bronx. El intérprete y traductor se encontró con algunas dificultades para traducir varios de los términos en "slang" que usaba el Intendente y que no tenían traducción directa al dialecto siciliano. Aristóteles dijo algunas frases en inglés, con una pronunciación y una sintaxis tan deformadas, que nadie lo comprendió y al intérprete le resultó imposible enderezarlas.

El Intendente básicamente les explicó que eran bienvenidos a América, "el país de los hombres libres" y "la patria de la democracia", y que si los habían alojado temporalmente en ese barrio era simplemente para asegurarles la debida protección, y que con ese mismo fin habían ubicado guardias armados y electrificado las cercas. Dentro del barrio eran libres de ir de un lado a otro; podían ir, por ejemplo, del número

25 de la calle Uno al número 45 de la calle Uno, y de la calle Uno a las calles Dos, Tres y Cuatro. Les advirtió que si bien no tenían automóviles dentro del barrio, encontrarían bicicletas en los desvanes y podían usarlas para movilizarse dentro del mismo.

Le aseguró a Giuliano que al día siguiente llegaría el personal de los diez supermercados instalados que los abastecerían, cantidad razonable para un barrio de trece manzanas de largo por diez de ancho. Giuliano le agradeció la radio que le había obsequiado y le pidió que enviara una radio por casa para que sus hombres se entretuvieran mientras se solucionaba la situación; el Intendente le ofreció alquilarlas y Giuliano aceptó, extendiéndole de inmediato un cheque contra el Banco de la Omertà de Palermo. El Sr. Thompson le dijo que el transporte de los sicilianos desde el puerto al barrio costaba dos dólares por persona y que si bien la primera noche de estadía en la villa era un obsequio de la Municipalidad, cada día subsiguiente les costaría a razón de 39,99 dólares por casa, es decir, un módico 9,99 por persona. Giuliano no se inmutó y le extendió otro cheque, dejando pagado el hospedaje de su Armada por una semana completa. Giuliano, como todo hombre que se dispone a hacer la guerra, había reunido una considerable suma de liras y dólares y, siendo Presidente de la Asociación de Defensa de la Tradición Siciliana, se servía de estos fondos según su arbitrio.

Aristóteles terció varias veces en la conversación diciendo frases en latín, pero el intérprete le advirtió que no se molestara, porque los norteamericanos ignoraban cualquier otra lengua que no fuera el inglés americano, que era un inglés nivelado, simplificado y transformado en una lengua telegráfica y periodística para servir las necesidades de esa gran nación. Luego, el Intendente hizo una apología de América: dijo que era un crisol de razas, un país formado por inmigrantes como ellos mismos, libre y democrático, y que todos los que llegaban a sus costas eran tratados como los hijos que habían nacido en ese suelo. América marchaba hacia el futuro "sin mirar hacia atrás" y era el país más adelantado y moderno del mundo. Ellos comprendían muy bien la situación de los sicilianos, que provenían de un país atrasado y sin recursos, como tantos otros países del mundo. Allí se pondrían al tanto de la vida moderna y sabrían lo que es una radio, un teléfono, un ventilador, una heladera, una licuadora, una tostadora, un automóvil. Aristóteles, agradeciéndole en nombre de la Asociación, del Presidente Giuliano Pomponio y de sí mismo, empezó a hacer una apología de Nueva York, hablando sobre la historia de la ciudad:

- Esta hermosa ciudad, como Ud. sabe - dijo dirigiéndose al Intendente - fue en un principio una colonia holandesa, a cargo de la Compañía de Indias de Holanda; en 1626 Peter Minuit compró la isla de Manhattan a los indios Algonquines y les pagó con telas de colores y cuentas de vidrio por un valor equivalente a 24 dólares, ¡no se puede negar que Nueva York empezó como un buen negocio! Fue Peter Stuyvesant quien le dio la primera Carta Municipal a Nueva Amsterdan, como se la llamaba entonces, y quien entregó la ciudad a los ingleses en 1664. ¡Cuántas cosas sucedieron desde entonces! Pensemos que esta ciudad, que hoy cubre un área de 450 kilómetros cuadrados, vio en 1689 la Rebelión de Leisler, justo cuando en Inglaterra la revolución destronaba a Jaime II. ¡Y cuántas rebeliones de negros esclavos hubo, la de 1712, la de 1741, la de 1742, todas sangrientamente suprimidas, como era de esperar! Se dice que en el siglo XVIII Inglaterra consideraba que Nueva York era el mayor foco de resistencia a su autoridad real. Tuvo también que soportar muchos incendios: el de 1776, el de 1778 y el "Gran incendio" de 1835. ¡Y qué decir de las epidemias! Las de fiebre amarilla de 1819, 1822 y 1833, en que miles de personas morían diariamente. ¿Qué me cuenta del maravilloso Puente de Brooklyn, cuya construcción comenzó en 1870 y costó tantas vidas? Ustedes también conocieron el caudillismo: tal es el caso del mundialmente famoso Willian Tweed, que robó 200.000.000 de dólares durante su gestión como Intendente. Nueva York ... el último censo del que tengo noticias, el de 1898, arrojó una población total de 3.437.202 habitantes, ¡mucho mayor que Palermo sin duda, aunque Palermo la aventaje en cuanto a riqueza histórica!

El Señor Intendente Thompson, que se había educado en una Escuela Pública del Sur del Bronx, no entendió bien el discurso de Aristóteles, poblado de nombres, fechas y números, y supuso que se trataría de una convención o un discurso ceremonial propio de los sicilianos. El intérprete, un siciliano-americano de apellido Ferullo, trató de ayudar a Aristóteles, evitándole el esfuerzo inútil: le dijo que no convenía hacer alusiones históricas, porque tanto la historia como la gramática eran materias que los americanos consideraban hostiles a sus intereses nacionales; no podían entender qué cosa era el pasado ni encontrar ninguna lógica ni orden en algo tan obtuso como la lengua. Aristóteles lo miró con sorpresa y no supo si creerle o tomar sus palabras como una broma.

El intérprete insistió y le advirtió que pronto comprendería que los norteamericanos pensaban que el pasado había sido una cosa pobre, baja e indigna, y todas las civilizaciones anteriores a la suya no eran más que subcivilizaciones que sólo tenían valor como antecedente de la civilización americana. Consideraban que los libros del pasado eran ilegibles e inútiles piezas, una combinación de ejercicios de retórica y ociosas invenciones de estilo. Ellos, para superar esas deficiencias, habían inventado un nuevo tipo de literatura que era programada por Corporaciones, después de hacer un estudio de las necesidades del mercado. Esta novísima literatura versaba sobre crímenes, catástrofes naturales y relaciones sexuales, y ellos la consideraban la expresión más acabada de la cultura. Normalmente escribían estos libros gente que no era del oficio literario; por ejemplo, los ensayos sobre sexo solían estar escritos por policías, las novelas policiales las escribían amas de casa, y los libros de catástrofes eran escritos por sicólogos. Si Aristóteles se dignaba a escuchar la radio, conocería la expresión dramática equivalente de esa alta cultura americana: los "radioteatros".

Por último, Giuliano pidió al Intendente una audiencia para la semana siguiente, asegurándole que, mientras tanto, hablaría con su "personal ejecutivo" (los padrini y piciotti) para discutir el progreso de las relaciones diplomáticas, y le solicitó un salvoconducto para que él y Aristóteles pudieran circular libremente por la ciudad. El Intendente le dijo que esto último era imposible, pero que en América no era necesario salir de la casa para hacer negocios, porque todo se resolvía con el teléfono y, acto seguido, el oficial chino O'Connor le hizo entrega de un teléfono rojo, el oficial negro White le entregó doce tomos de guías de teléfono y el oficial irlandés Black otros doce tomos. El Sr. Thompson le explicó que así no solo estaba comunicado con Nueva York sino con todo el mundo y que la semana próxima lo vendría a ver. El carro blindado salió de la Villa Olímpica seguido por los automóviles repletos de policías, y Giuliano y Aristóteles tomaron las guías de teléfono y pusieron manos a la obra.

Mientras tanto, la nueva vida americana iba haciendo impacto en los habitantes de la Villa Olímpica. La primera gran innovación en la vida de los sicilianos la trajeron las bicicletas: en el desván de cada una de las casas había dos bicicletas de paseo, una para hombre, de color azul, y otra para mujer, de color rojo; la bicicleta de mujer, además de carecer del tradicional caño frontal que une la parte superior del cuadro, tenía dos cestas a los costados para llevar paquetes y era algo más baja que la de hombre. Pronto las bicicletas invadieron las calles y transformaron a la "Palermo" americana en una especie de ciudad china. El intenso tránsito de bicicletas obligaba a los ciclistas a usar unos timbres que los rodados llevaban en los manubrios para alertar a los peatones, o valerse de un silbato más poderoso, que soplaban con fuerza ante el inminente peligro de un choque, o dar gritos desaforados a pleno pulmón a algún desprevenido ciclista. Por lo general, desgraciadamente, todos estos métodos defensivos eran insuficientes para evitar los accidentes, y se veía cantidad de ciclistas que chocaban y volaban catapultados de sus rodados hasta ir a estrellarse de cabeza contra las cercas de las casas, y colisiones de grupo, en que quedaba un tendal de bicicletas tirado sobre la calle, en medio de gritos e imprecaciones. Esto dio bastante trabajo a las enfermeras y los obligó a decidir en Asamblea qué dirección de transito asignarle a las calles, pues los americanos, sospechosamente, se habían olvidado de esa nimiedad, como si no quisieran que se transportasen.

Aristóteles, con su habitual ingenio, propuso que en las calles pares el tránsito circulara de oeste a este, y en las impares al revés; las calles que cruzaban la villa de norte a sur serían llamadas avenidas para que no se confundieran con las calles transversales; las avenidas pares irían de sur a norte y las impares de norte a sur. Todos aprobaron la propuesta por unanimidad (sin saber que habían aprobado una cuasi réplica del plano de calles y de la dirección del tránsito de Manhattan, que el sagaz Aristóteles había plagiado de un mapa de la ciudad) y procedieron a pintar flechas indicadoras. También las bicicletas dieron lugar a numerosas escenas "familiares" de envidia y de celos; primero, porque en cada casa había cuatro ocupantes y solo dos bicicletas; segundo, porque una de las bicicletas era para hombre y la otra para mujer; tercero, porque no todos sabían andar en bicicleta y aquellos que no sabían deseaban aprender.

El problema de los turnos para usar las bicicletas se arregló en unos casos por sorteo, en otros apelaron a las cartas o a los dados, en otros a una suma pecuniaria; las parejas más sensatas se turnaban empleando la bicicleta de hombre o de mujer según el papel sexual que hubieran desempeñado con más lealtad y pasión la noche anterior. Todos consideraban un honor ir sentados en la bicicleta de mujer, pero había aún entre esos aguerridos espartanos aquellos que conservaban un resquicio de machismo. Algunos de los que montaban las bicicletas de hombre dieron vueltas en bicicleta fumando grandes cigarros, con un cierto aire de superioridad, lo cual, lógicamente, dio lugar a justas recriminaciones y disputas. Empleaban las bicicletas para pasear, para visitar a las "familias" más alejadas y para hacer las compras.

Pronto aquellos que no sabían andar y querían aprender se transformaron en espectáculo entretenidísimo: dispusieron un sector especial en las plazas públicas (había cinco, todas con fuente central florentina de cemento, imitación mármol) para este uso. Los arriesgados aprendices de ciclistas se largaban por una superficie recta, apretando los manubrios y manteniéndose tiesos como palos hasta que, alcanzada una mayor velocidad, perdían control del vehículo y, o bien se caían al suelo, raspándose los codos, las rodillas y las nalgas o, si habían logrado llegar al fin del tramo, se estrellaban de cabeza contra un parapeto colocado a tal efecto.

La idea de poner ese parapeto al final de la pista de aprendizaje tuvo notable resultado pedagógico, porque, si bien el miedo de caerse y perder el control de los rodados, hacía que los estudiantes tendieran a aumentar la velocidad para no perder el equilibrio, el saber que al llegar al final del tramo se darían una cabezada contra el parapeto (a los aprendices de ciclistas les resulta imposible aprender simultáneamente la noción de pedalear y de frenar) los inducía a disminuir la velocidad y así la fuerza del coscorrón. Esto los ayudó a ganar rápidamente control de las bicicletas y a los pocos días salieron casi todos eximios ciclistas.

Mientras duraba este proceso las pistas se fueron llenando cada vez más de curiosos, que fingían haber llegado al lugar por casualidad, y luego de compañeros, que se pasaban tardes enteras viendo a los infortunados aprendices volar de las bicicletas y estrellarse contra el parapeto. La escuela de ciclistas se transformó en un espectáculo, donde cada cabezazo era festejado con carcajadas y aplausos, y fue gracias a esto que los sicilianos recuperaron su amor por el teatro. Pronto hubo unos osados que afirmaron que sus amantes se caerían menos veces que los amantes de otros, y las apuestas verbales se volvieron apuestas de dinero. Cuando a los pocos días, casi todos los que no sabían andar habían aprendido y se paseaban muy orgullosos en sus bicicletas por las calles de la Villa Olímpica, con la cabeza vendada o un brazo en cabestrillo, los sicilianos planearon algo para reemplazar el espectáculo perdido: carreras de bicicletas.

Los que se preciaban de ser más fuertes y ágiles se transformaron, impulsados por la ganancia, en los ciclistas preferidos. Las carreras se hicieron, en un principio, en un circuito de cuatro manzanas y participaban entre doce y veinticinco ciclistas; los premios para el ganador oscilaban entre 500 y 1.000 dólares por carrera, que se tomaban del pozo de las apuestas. Tanta pasión despertaron las carreras entre los sicilianos que, aún cuando hubiesen perdido todo el dinero que tenían, seguían apostando, poniendo como prenda un objeto de valor, o jugaban los favores de sus amantes, y también su propia virtud (solamente los más apuestos).

Se empezaron haciendo cinco carreras por día, algunas a tres vueltas, otras a seis y otras a nueve; el éxito obtenido los llevó a aumentar el número de carreras y llegaron a hacerse hasta doce por día. Cada carrera duraba unos pocos minutos. Se hacía una cada hora, para que los espectadores tuvieran tiempo para discutir las cualidades de los ciclistas y sus rodados y hacer las apuestas. También se organizó con gran suceso una "Gran ciclatón" alrededor de toda la "Villa Olímpica", que duró veinticuatro horas ininterrumpidas, en la que participaron ciento veinticinco ciclistas y sólo terminaron nueve; en este caso el premio no fue pecuniario, sino que consistió en tener para el propio placer durante tres días y tres noches a un hermoso mancebo, al que llamaban "Stella Matutina", por la blancura de su piel y el brillo de sus ojos, y que había sido la estrella principal representando papeles femeninos durante "la semana dramática" en el "Enrico Carusso".

Además del cambio que introdujo en sus vidas el uso de las bicicletas, tanto en el aspecto utilitario y personal, como en el de entretenimiento, otro gran evento que modificó la experiencia de los sicilianos fue la familiarización con los aparatos de radio, instrumentos raros y costosos en Sicilia y que en América formaban parte de la vida cotidiana de cada individuo y cada familia de una manera personal e íntima. Había dos emisoras que transmitían en italiano (en esa época se calcula que vivían aproximadamente 500.000 italianos en Little Italy, en Manhattan) y, aunque los sicilianos, orgullosos de su lengua, despreciaban el dialecto florentino que Roma quería imponerles como lengua nacional, la mayoría lo entendía y pronto se hicieron adictos a esas cajas estilizadas que transmitían la magia de la preciosa voz humana. En general los programas estaban organizados de la siguiente manera: por la mañana dos o tres horas de recetas de cocina y enseñanza de diversas habilidades para desempeñarse en las tareas del hogar, a mediodía un programa de noticias y por la tarde una sucesión de radioteatros o novelas radiales en capítulos.

Aquellos que seguían los programas matutinos pronto empezaron a regalar a sus amantes con finos platos americanos, como arroz cocido con habichuelas, carne picada mezclada con pan rallado y asada a la parrilla, carne picada mezclada con avena y horneada. También Aristóteles aprendió algunas de estas nuevas recetas y las preparó para su benefactor Giuliano, quien rechazó los platos asqueado, diciéndole si lo tomaba por un cerdo, que le daba avena, o por hijo de carpintero, que le daba aserrín con carne, por lo que Aristóteles tuvo que sacarlo de su error y su ignorancia (como tantas otras veces) explicándole que esos eran los platos más prestigiosos del nuevo mundo, denominados "Meat pie" o pastel de carne y "Hamburger" o hamburguesa que, como lo indicaba su nombre, había sido inventada en Hamburger, Mississippi, por un grupo de carniceros sureños durante la guerra civil y se había transformado rápidamente en el plato nacional, según había explicado la locutora por la radio. Giuliano se disculpó por su ignorancia, pero aun así insistió en comer sus linguini, manicotti, tortellini y mostacholi, como buen siciliano orgulloso de su cultura.

Además de los platos típicos americanos, los programas de cocina les ofrecieron platos italianos reformados o "mejorados" al gusto americano. Los principales eran spaguetti con helado y agnolotti con pastel de manzana, platos que la responsable del programa, Dona Petrona, recomendaba y que los sicilianos repudiaron con asco. Lo más sorprendente en esta cocina ítaloamericana eran las innovaciones que habían introducido a la clásica pizza. Según los americanos, había tres variedades de pizza: la pizza propiamente dicha, que los sicilianos identificaron como la pizza siciliana; la pizza napolitana, que ellos identificaron como la pizza calabresa, y la pizza siciliana, que era una variedad que no existía en Sicilia ni en ninguna parte de Italia.

Estas variedades, así mismo, sufrían cambios regionales: en el Medio Oeste los chicaguenses (la sola mención de Chicago, la patria adoptiva de Al Capone, hacía fruncir a muchos el entrecejo) tenían una pizza siciliana que consistía en una mezcla de pizza y hamburguesa (era una pizza con carne picada encima) y los texanos tenían la pizza "putaparió", que era una pizza con pimiento picante mexicano, que dejaba a los atrevidos con la boca abierta por un largo rato. Un día Aristóteles presentó a Giuliano la pizza siciliana de Chicago y este la escupió con desprecio, gritando qué clase de progreso había en América, que habían transformado la tradición nacional de Italia en un bodrio, y Aristóteles, que no sabía como calmar su enojo, tuvo que decirle que los disculpara, que los americanos no sabían bien lo que hacían y detrás de las fantasías de superioridad de cada americano se ocultaba un cowboy atrasado.

Dentro de las experiencias nuevas que les ofreció el continente americano, la que se hizo más popular, y no encontró resistencia alguna en ese contingente aguerrido y sensible, fue el radioteatro, o mejor dicho la serie de radioteatros, traducidos de los radioteatros americanos corrientes, que las emisoras radio "Garibaldi" y radio "Mussolini" transmitían seductoramente todas las tardes. Tenían bastante variedad: radioteatros de misterio, que hacían que los radio-escuchas se pasaran tardes enteras esperando el momento en que iba a ser cometido el crimen y temblando ante cada falsa alarma; otros policiales, que los obligaba a discutir acaloradamente sobre quién había sido el autor del asesinato y, los que más les gustaban, los de amor. Dentro de este último grupo había varios tipos: novelas de muchachas pobres e inocentes, seducidas por capitalistas influyentes y ricos, que terminaban reconociendo su amor, se casaban con ellas y las transformaban en buenas amas de casa (final feliz que secretamente ambicionaban esos buenos sicilianos, criados en la más estricta tradición familiar); novelas de muchachas ambiciosas y aventureras, que enamoraban a algún señor poderoso, y cuya naturaleza diabólica era finalmente descubierta, y terminaban trabajando para algún rufián de barrio (final que los sicilianos festejaban con discreto regocijo); novelas de amor familiar en que los padres, secundados por los abuelos, discutían y comentaban la vida enloquecida de los hijos, y novelas de amor pasional en que los jóvenes amantes enfrentaban a sus familias y a la sociedad toda para defender un amor prohibido e imposible.

Los desarrollos argumentales eran lentos, y cuando ya habían transcurrido tres semanas de paz en Villa Olímpica, los radioteatros estaban casi en el mismo punto en que los habían encontrado el primer día. Eso no impedía que los cadetes se pasaran tardes enteras suspirando o temblando, pegados a sus radios, con un gesto ansioso o compungido. Los más sociables, preocupados por el aislamiento a que la radio había sometido a muchos, que habían llegado al extremo de apartarse de los paseos, las visitas y las carreras de bicicletas, optaron por llevar las radios a las plazas y enchufarlas en los tomacorrientes de los faroles de la luz. Allí las ponían a todo volumen y pronto se formaba una ronda de aficionados. Mientras el locutor pasaba la tanda de propagandas, discutían sobre el posible desarrollo, daban sus propias opciones argumentales, por los general superiores a las que le depararía luego el radioteatro y practicaban formas, primero elementales y luego más sofisticadas, de crítica del espectáculo. Proponían cambios en los efectos especiales, en los que eran evidentes los golpes en los tachitos y los dedos en la boca en tirabuzón, y la modificación de las voces que, según el gusto de ellos, no eran lo suficientemente dramáticas. Deploraban los asesinatos no premeditados, que los privaba del sabor real del crimen e impedía el acomplejamiento de la conciencia del personaje, que no descendía a las perversiones del mal.

Los radioteatros fueron para ellos una sorpresa agradable y enriquecedora, pero les costó entender el mecanismo de las propagandas comerciales. Cada teleteatro venía presentado por lo general por un solo producto comercial: en un caso era la máquina de coser Singer, en otro una imprescindible marca de tampones, en otro los pañales más absorbentes y otro el jabón Lux de tocador, que, según decía la propaganda, era el jabón de belleza de "nueve de cada diez estrellas de cine". Este último producto, por obvias razones, fue el que más interesó a los cadetes sicilianos. El teleteatro que presentaba el jabón Lux de tocador se llamaba "Rosa, la despreciada" y era la historia de una muchacha noble, pura e inocente, a la que utilizaban y explotaban sus numerosos amantes.

La novela había tenido a los mafiosos suspirando día tras día. Todos los sicilianos soñaban en lo profundo de su corazón con ser un día famosas estrellas del espectáculo, como lo habían demostrado durante las jornadas de teatro del "Enrico Carusso" y muchos, enterados de la existencia de Hollywood, aspiraban a transformarse en el Rodolfo Valentino o la Greta Garbo del futuro. Ignorantes de los mecanismos de la propaganda, creyeron que lo que el fabricante de jabones les decía era la pura verdad; pronto todos los jabones Lux de tocador desaparecieron de las estanterías de los supermercados y, a pesar que su precio oficial era de diez centavos, el interés de la demanda hizo subir el precio de la oferta, y los mafiosos llegaron a venderse los jabones entre ellos por hasta diez dólares, imaginando que era un medio seguro para embellecerse y hacerse acreedores a la cara angelical de una estrella de cine.

En seguida los supermercados trajeron más cargamentos de jabón Lux y cada cadete pudo comprar tantos jabones como quiso. Tenían uno en el baño de casa, otro en la cocina, otro en el lavadero y, además, llevaban siempre una pastilla de jabón en el bolsillo del pantalón. Se corrió la voz de que para embellecerse rápidamente y que el jabón surtiera efecto había que lavarse la cara tantas veces como fuera posible, así que los mafiosos se la pasaban yendo y viniendo al baño; en las plazas, donde había baños públicos, los sicilianos formaban fila, cada uno con su jaboncito, para no dejar pasar quince minutos sin lavarse la cara con el jabón Lux de tocador, el jabón de las estrellas.

El resultado fue que después de tres días de semejante tratamiento, la mayoría tenía la piel de la cara roja, quemada por el ácido del jabón; a muchos se les habían formado ampollas y otros contrajeron conjuntivitis, y de los párpados inflamados les supuraba un líquido amarillo viscoso. Los dispensarios médicos no dieron abasto y los médicos tuvieron que explicarles que creer lo que los comerciantes decían de sus productos era una forma indirecta de suicidarse y que el jabón tan alabado no era más que una mezcla de cebo y un ácido que dejaba la piel coma hule, y que el único fin de la propaganda era vender más del producto y al más alto precio posible. Los desengañados sicilianos abandonaron la esperanza de embellecerse con el jabón de las estrellas, pero no la esperanza de cambiar su tosca apariencia de recios hombrones por una figura más frágil y apuesta.

En esos días uno de los radioteatros empezó a promocionar "Bioadelgacín", el producto dietético que había hecho que Greta Garbo conquistara esa figura híbrida de diosa griega y mancebo adolescente, y los sicilianos, que no se habían curado con el primer desengaño, porque la esperanza del hombre es incorregible, se entregaron al uso desaforado del "Bioadelgacín". El producto debía tomarse dos veces al día, pero los temerarios sicilianos, haciendo caso omiso a la recomendación médica, tomaban sus pastillas a cada hora y aun menos. El resultado fue una epidemia masiva de colitis que realmente les hizo perder peso y dejó a algunos tan debilitados que tuvieron que ser internados y recibir alimentación intravenosa.

Ya durante el primer día de la "dieta", la colitis fue muy pronunciada y su persistencia aumentó al segundo día a un punto tal, que a la tarde ya casi todos los inodoros se habían taponado, y esa noche los mafiosos tuvieron que recurrir a las plazas públicas o al jardincito de césped plástico del vecino. A la mañana siguiente el olor en las calles de Villa Olímpica era intolerable, a un punto tal que los empleados de los supermercados amenazaron con cerrar y dejarlos sin alimentos si no eliminaban la causa del mal olor. Y si el olor era intolerable, peor era la vista de las plazas públicas, donde era difícil dar un paso sin hundir el pie en un excremento; las fuentes florentinas de cemento, imitación mármol, estaban repletas hasta el borde de una masa que tenía la consistencia del flan de chocolate.

Muchos sicilianos reaccionaron indignados al encontrar excrementos ajenos en sus jardincitos y hubo quien restregó los excrementos en las paredes de la casa del vecino, ocasionando grandes disputas que amenazaban solucionarse a navajazos, según el estilo secular de la nobleza siciliana. Así que los reblandecidos muchachones tuvieron que conformarse con la apariencia que les había dado Dios y renunciar a la figura de Greta Garbo, como antes habían renunciado al cutis suave de las estrellas de cine. No...para ellos la victoria no habría de llegar por el camino que les señalaba la propaganda comercial...en ese país antiheroico, estaban destinados a más altos fines...

Mientras la muchachada siciliana transcurría así su tiempo en Villa Olímpica, Giuliano y Aristóteles habían puesto manos a la obra y ya estaban abocados a la fundación de su Imperio. Lo primero que hicieron, una vez instalados en el living de su casa con el teléfono rojo al alcance de la mano y los veinticuatro tomos de guías telefónicas apiladas frente a ellos, fue llamar al Consejo Italiano de Abogados en Nueva York y contratar los servicios de siete abogados, presididos por el palermitano Giuseppe Mastrogiusseppe. Este aceptó telefónicamente el trabajo de representar a Giuliano Pomponio y sus cadetes, todos miembros de la Asociación de Defensa de la Tradición Siciliana, de la cual él voluntariamente se consideraba simpatizante, a cambio de una abultada suma de dinero, cuya cifra exacta jamás fue revelada.

Al día siguiente los Siete aparecieron en Villa Olímpica con la correspondiente orden judicial de visita, apiñados cuatro en el asiento delantero y tres en el asiento del baúl de una Bugatti color rojo sangre. Penetraron en la casa de Giuliano según el orden de estatura, de menor a mayor, todos vestidos de impecable traje negro, sombrero Borsalino gris oscuro y zapatos de charol. El primero, que resultó ser Giuseppe Mastrogiusseppe, era un hombre de enorme cabeza y cara huesuda de pómulos marcados y medía aproximadamente un metro cincuenta centímetros de estatura; los otros que lo seguían eran los Asociados del proverbial buffette de Times Square, "Mastrogiusseppe and Associates, Attorneys at Law", de Broadway y la calle 42, el centro simbólico del espectáculo, donde coexistían con orgullo las estrellas de Broadway, las casas de prostitución y el mayor tráfico de drogas de Occidente. El último de los Siete era casi tan alto y tan flaco como Aristóteles y se asemejaba a él de tal manera, que parecían gemelos; tenía cabello blanco como él, pero, mientras nuestro sabio usaba barba entera, el otro, Pierino Sietemesino, usaba solo bigote. Esa mañana Aristóteles estaba vestido con camisa blanca y pantalón pijama blanco y, desde ese momento, no sabemos por qué, qué extraño conflicto de identidad pudo haberle provocado ese encuentro, Aristóteles apareció en público siempre vestido de blanco. Se intercambiaron los ósculos de costumbre en las "famiglias", dos en cada mejilla, y luego se sentaron.

Giuliano tomó la palabra, explicando que necesitaban, en primer lugar, libertad de circulación por toda América, la Villa Olímpica no era el lugar más apropiado para ellos, y luego, permiso para portar armas y usarlas "en defensa propia". Giuseppe Mastrogiusseppe contestó que eso era juego de niños, si estaban en Villa Olímpica era como una medida preventiva adoptada por Thompson para que se intercambiaran emisarios con Rómulo Galante y resolvieran sus "diferencias" diplomáticamente; si acaso se producía un enfrentamiento este debía ser calculado de antemano y el sitio del mismo decidido siguiendo las ordenanzas policiales de la ciudad; su estadía en Villa Olímpica no debía ser erróneamente interpretada, ese no era un campo de concentración; en cuanto al permiso para portar armas no sería muy difícil obtenerlo, en Nueva York los ciudadanos podían ir armados y la legislación los protegía, era costumbre de muchos neoyorquinos llevar en el bolsillo del saco una 22 o una 38, cuando no una 45, para defender la billetera o protegerse de ataques de desconocidos en las estaciones del tren subterráneo, o presionar a sus deudores al pago de sus obligaciones, o tomar debida venganza por injusticias recibidas y que, en esa ciudad pacífica, el promedio de asesinatos anualmente ascendía a 20.000 personas y era usual que una negativa amorosa de una mujer terminara en violación y ahogo, una deuda impaga en la hospitalización del responsable, la trampa en el juego en la desaparición del fraudulento y la estafa en el comercio ilegal de drogas en la muerte accidental de los culpables. Giuliano aprobó con un gesto esos actos de justicia del derecho consuetudinario y Giuseppe agregó:

- Y eso sin contar las necesarias venganzas de la "famiglia" que, aquí como en Palermo, ocurren a menudo. Ante todo, ¡el honor!

Al fin habían llegado al núcleo de la cuestión, porque Giuliano Pomponio estaba impaciente.

- Giuseppe Mastrogiusseppe - dijo Giuliano con voz grave - Ud. sabe o sospecha, porque nuestra presencia no puede ser un misterio para nadie, por qué estamos aquí. Hay quien dice que nos echaron de Sicilia; la verdad, como lo ha entendido muy bien mi consejero Aristóteles, es que la Omertà no puede sobrevivir cómodamente en ningún sitio, ni en Sicilia ni aquí. La Famiglia está amenazada; por eso hemos venido, para salvarla. Yo contraté sus servicios, pero eso no significa nada si no tengo además su fidelidad. ¿Puedo contar con su ayuda?

- Si se trata de ser árbitro en la cuestión - dijo Mastrogiusseppe con nerviosismo - mi especialidad es ser intermediario, porque, como Ud. sabe...aquí la Famiglia depende de nuestro jefe máximo, Rómulo Galante, que, según tengo entendido, es pariente suyo...

- Lo que pretendemos no es excesivo - continuó Giuliano - La Famiglia en América no ha sido sometida a juicios públicos y humillada como en Italia, pero ¿qué me cuenta de la "ley seca" y la persecución de las casas de prostitución?, ¿no es un ataque directo del Gobierno contra la Maffia? Esas han sido, tradicionalmente, nuestras principales operaciones; al atacarlas, atacan nuestra base económica. Y Capone en Chicago no está nada firme, le están buscando la vuelta para que caiga.

- ¿Y qué solución propone Ud.?

- Muy sencillo: la unidad. En Sicilia, yo fundé la Asociación de Defensa de la Tradición Siciliana; antes, la Omertà era una serie de operaciones locales, que, como sabemos, entraban en disputas sangrientas entre sí. Yo la unifiqué y le di una estructura corporativa; así logré eliminar las disputas y la anarquía y organizarla bajo un solo mando. El método lo tomamos del Fascismo, que, hoy por hoy, es la única esperanza que tenemos para defendernos contra la corrupción liberal de la sociedad y contra el comunismo; desgraciadamente, Mussolini no lo entendió así y decidió atacarnos. Sin embargo, a pesar que encarceló a gran cantidad de miembros prestigiosos de nuestra organización, no pudo destruirla, simplemente porque la Omertà estaba unificada y unidos somos indestructibles.

- ¿Indestructibles?

- Una vez - terció Aristóteles - hace muchos años, el rey Jerjes decidió invadir un pequeño reino independiente de hombres aguerridos: ese pequeño reino era Grecia; lo atacaron, pero no pudieron dominarlo; años después, Grecia, fortalecida por la lucha, invadió a sus vecinos y no cejó hasta haber hecho del mundo un Imperio. Hoy los sicilianos somos atacados, pero uniremos nuestras fuerzas dispersas por el mundo y esa misma diáspora será nuestro imperio: fundaremos el Consejo Mundial para la Defensa de la Tradición Siciliana. ¿Quién nos dice si el mundo futuro no adoptará nuestra moral y nuestro método de dominio, como una vez adoptó el de los griegos?

- El único obstáculo para que esta idea salvadora sea posible - dijo Giuliano con vehemencia - es la famiglia Galante. Debemos convencerlos de que lograr la unidad y la jefatura única es indispensable. Hemos venido a América para quedarnos. Para nosotros, esta es también la tierra prometida.

- No perdamos más el tiempo, Uds. no son hombres de palabras sino de hechos - dijo Mastrogiusseppe - El primer paso es concertar una entrevista con los Galante.

Después de los ósculos de despedida, la Bugatti rojo sangre salió del barrio cercado con los siete abogados. Giuliano y Aristóteles discutieron sobre el posible éxito de la misión de los Siete, y coronaron la tarde yendo a la carrera de bicicletas. Esa noche reunieron a todos los jefes subordinados a Giuliano, representantes de las principales famiglias de Sicilia y a algunos de sus piciotti más prestigiosos, y les comunicaron las nuevas.

Giuliano pasó todo el día siguiente sentado junto al teléfono rojo esperando la llamada de Mastrogiusseppe; Aristóteles permaneció a su lado en silencio, releyendo la *Summa Theologiae*, *The Maffia in New York* y un libro que había conseguido en la desierta biblioteca del "Enrico Carusso", *A History of New York City* de Frank Crackwheat, escritor recientemente distinguido por sus logros intelectuales con el premio "Sweepstakes" del matutino *Daily News*. A las siete de la tarde Pierino Sietemesino llamó desde el bufete de Times Square; dijo que no podía hablar demasiado tiempo porque estaba atendiendo un importante caso de estupro, pero deseaba comunicarle que su jefe estaba reunido en ese momento en un local de juego del Sur del Bronx con Rómulo Galante y muy pronto tendría noticias de este. Varios piciotti llegaron a la casa de Giuliano y se quedaron en el living bebiendo sciroppo de menta, mientras Giuliano y Aristóteles se confortaban con altos vasos de granadina. Dos horas más tarde llamó Giuseppe Mastrogiusseppe y le dijo que Rómulo Galante le mandaba sus más sinceros saludos y aguardaba con ansiedad el momento de abrazar en persona a su sobrino segundo. La reunión sería al día siguiente en los fondos de una lechería del Bowery en Manhattan.

Mastrogiusseppe vino a buscarlos en un Ford T; Aristóteles, cada vez más alto y más flaco, y el robusto y desproporcionado Giuliano, tuvieron que admitir que les vendaran los ojos; aún no había llegado el momento de ver la ciudad en todo su esplendor e inocencia imperial. Mientras el auto avanzaba sintieron sin embargo su pululación. Cuando les quitaron las vendas estaban sentados en un salón grande, con muros de ladrillos sin revocar y techos altos, que parecía un depósito de mercadería; a un costado había un tambor de gasolina que contenía un vino siciliano con el que serían invitadas las visitas. Pocos minutos después se abrió la puerta y entraron Rómulo Galante y su hermano Castaldo Richard Galante, acompañados por el hijo de Rómulo, Johnny Galante.

Rómulo Galante era un hombre que aparentaba más de setenta años; una hemiplejia le había paralizado medio cuerpo y caminaba arrastrando una pierna, ayudado por su hijo; era muy delgado, tenía la espalda encorvada por el reuma y algunas manchas hepáticas en el rostro. Besó en ambas mejillas a su sobrino segundo y a Aristóteles, quienes, al ver al gran patriarca americano, se emocionaron, derramando lágrimas sinceras. Con un movimiento de la mano y un gruñido, Rómulo les ordenó sentarse a una larga mesa; junto a Rómulo se ubicó su hermano Castaldo, un hombre algo más joven, voluminoso, con la piel del rostro encarnada y tirante por la gula, y a la izquierda su hijo Johnny, un hombre de la edad de Giuliano, fornido, con el cabello engominado y peinado con un jopo muy levantado, que aspiraba con fuerza y dilataba los cornetes de su nariz como si padeciera de la irritación propia de los cocainómanos.

Giuliano y Aristóteles se ubicaron frente a los tres Galante y en la cabecera de la mesa se sentó el abogado Giuseppe Mastrogiusseppe. Tanto Rómulo como su hijo permanecieron en silencio; el único que hablaba era Castaldo, en nombre de su hermano, que para mostrar aprobación gruñía y movía la cabeza. Antes de entrar en materia Castaldo le preguntó a Giuliano por la Famiglia de Palermo, por la mamma y por Palermo, querida ciudad que hacía tanto que no veía. Aristóteles respondió por Giuliano, quien, imitando a Rómulo, y como para no desacreditar su autoridad, gruñía y asentía con la cabeza, igual que el otro. Después de darle algunas noticias breves sobre la triste y esforzada vida de los Pomponio, Aristóteles habló sobre la historia de la admirada Palermo, describió varios de sus edificios: la Prefectura, el Obispado, la Plaza du Dome, la Catedral, la Universidad, el Municipio, y destacó la perspectiva del Corso Vittorio Emannuele, de la Cala y el Puerto de Palermo. Rómulo lo escuchó con admiración y respeto, visiblemente emocionado y dando gruñidos de placer.

Luego, inclinando la cabeza hacia un costado y mirando en dirección al cielorraso, con voz suave pero firme, habló finalmente Rómulo:

- Querido Giuliano: tu sabes que los Galante, capos de la Omertà de Nueva York, te damos la bienvenida como capo de Maffia de la Sicilia, nuestra patria. Pero no has venido solo: ningún hombre hace un viaje de turismo acompañado por 49.500 compañeros armados.

- 50.000 - corrigió Giuliano, criticando indirectamente los servicios de inteligencia de Rómulo - Vengo en son de paz, pero para buscar la paz hay que estar preparado para la guerra, como siempre dice Mussolini. Bien, querido capo, yo vengo a proponerte la reunificación de todas las fuerzas de la Maffia dispersas por el mundo en una sola organización internacional: la Liga o el Consejo Mundial de Defensa de la Tradición Siciliana, cuya Sección Siciliana yo presido. Debes reconocer que esta unión de fuerzas es necesaria: el mundo está cambiando. 0 cambiamos con él o pereceremos.

- Y por supuesto que querrás ser el jefe de esa organización mundial - replicó Rómulo con ironía, sin levantar la voz - Si eso es todo lo que vienes a decirme, ya sabes que no podrá resolverse sin una guerra, en la cual serás vencido. Giuliano Pomponio: castigaré tu soberbia, tu infamia y tu ambición de poder. Quieres ponerte por encima de los derechos ganados por nuestra famiglia Galante. Algún día no muy lejano beberé mi vino en tu calavera.

- Entonces, si así lo quieres, tío, es la guerra. Sería un inconveniente gastarse en escaramuzas locales, además ganaríamos la enemistad de los políticos y la policía. Convengamos una gran batalla y que venza el mejor.

Mastrogiusseppe quiso hablar, pero Rómulo cruzó un dedo sobre sus labios, indicando su voluntad.

- Está bien - dijo Rómulo, fatigado - Luego decidiremos el lugar del encuentro.

La breve reunión se dio por concluida. Giuliano se acercó a su tío para darle el beso de despedida, pero éste le quitó la cara.

- ¿Y cómo está la moral de tus hombres? - dijo el obeso Johnny Galante a Giuliano, con ironía.

- La moral de los sicilianos - respondió Giuliano, herido - te la enseñará la historia: los descendientes de la Magna Grecia hemos llegado muy lejos practicando las costumbres que practicamos.

Les volvieron a vendar los ojos y los llevaron al automóvil. En el camino ni Giuliano ni Aristóteles hablaron. El abogado Mastrogiusseppe quiso convencer a su cliente del error, lo instó a buscar la conciliación, le advirtió que los Galante podían reunir un ejército más grande que el de él, pero Giuliano no se inmutó. Aristóteles, haciéndose cargo de la respuesta, dijo sentencioso:

-Cuando la guerra es inminente, no es prudente tratar de evitarla.

Esa noche, en Villa Olímpica, Giuliano llamó a los capos y piciotti, que en ese momento se encontraban presenciando una carrera de bicicletas, a una Asamblea Extraordinaria. Les informó sobre la situación y los valientes jefes prorrumpieron en gritos de guerra y en insultos al enemigo, mostrando el alto nivel de su moral militar. Reconocieron que la guerra era justa y necesaria y la Asamblea se disolvió. Sólo faltaba decidir el sitio de la batalla y espiar los movimientos del enemigo.

Encontrar un lugar adecuado para dar la batalla no fue un problema nada sencillo de resolver. Tuvieron que entrar en tratativas con el Intendente y la Policía y, por supuesto, con la familia Galante. El Intendente les propuso una zona descampada en Staten Island; los Galante y Giuliano se negaron: querían que fuera en un lugar visible y público. El Intendente les propuso el Central Park, pero cuando supieron que ocupaba un perímetro de un kilómetro de ancho y ocho de largo, adujeron que no estaban preparados para una batalla campal, ni física ni militarmente, era un tipo de práctica guerrera ajena a las tradiciones militares de la Maffia. Exigieron un sitio urbano, en que pudieran utilizar los accidentes naturales de su geografía: recovecos y pasadizos, túneles del tren subterráneo y la calle, de acera a acera. Galante propuso Times Square, pero el Sr. Thompson respondió que era imposible: una batalla en Times Square podía extenderse al resto de la ciudad y estallar en conflagración. Finalmente se decidió que sería en Herald Square, en la calle 34 y la Avenida de las Américas, frente a Macy's.

El perímetro destinado para la batalla, en la que se calculó participarían 100.000 hombres, 50.000 de cada bando, se extendería de la calle 30 a la 38 y de la Avenida 5ta. a la Avenida 7ma.; los contrincantes no podrían exceder esos límites y para garantizar que respetaran esto el Intendente haría acordonar el área destinada a la batalla por la Policía y la Guardia Nacional. El Sr. Thompson extendió el permiso bajo el título "Permiso de manifestación pacífica", y el motivo de dicha manifestación era la "Celebración del día de la familia italiana". La policía fijó como fecha el domingo 15 de septiembre a las dos de la tarde; era ideal hacerla en un domingo para evitar que hubiera "conflictos" con los comercios de la zona. La "manifestación" debía concluir a las doce de la noche de ese mismo día, hora en que la Guardia Nacional procedería a "evacuar" el área, si ellos no lo habían hecho por propia voluntad.

A Rómulo Galante no le fue fácil reclutar soldados para su ejército, ni entrenarlos. A pesar que en Nueva York pululaban las pandillas violentas y, en muchos de sus barrios: Harlem, el Lower East Side, Chinatown, South Bronx, Williamsburg, sus habitantes estaban muy familiarizados con el uso de armas de fuego y armas blancas, a los jóvenes no les gustaba la idea de arriesgar su vida en una batalla frontal contra un ejército organizado. Les faltaba el incentivo que poseían los sicilianos de Pomponio. Giuliano y sus hombres sabían que habían "quemado las naves" y no podían regresar a Sicilia. Debían vencer o morir. Esto hacía de cada soldado un arrojado valiente, dispuesto a jugarse el todo por el todo. La situación para los norteamericanos era distinta.

Con esfuerzo los capo-maffiossi de Rómulo de los distintos distritos de la ciudad de Nueva York lograron reclutar 5.000 hombres, casi todos sicilianos o hijos de sicilianos. Estos conformaron la flor de su armada: lo selecto de su raza se veía en la baja estatura, el cabello ensortijado, la mandíbula prominente, la cabeza grande, la nariz aplastada, la caja torácica como barril, los brazos membrudos, las piernas cortas y arqueadas. Estos sicilianos, el día de la batalla (que vino a ser recordada como la "Batalla de Herald Square"), tomaron posición frente a los guerreros de Palermo que comandaba el mismo Giuliano y combatieron hombre a hombre.

Cuando no consiguieron más voluntarios sicilianos para la armada empezaron a buscar soldados mercenarios de otras nacionalidades. Alistaron 5.000 hispanos por una paga de $99,99 por persona; 5.000 negros americanos por un salario de $89,99; 5.000 griegos por $100,00; 5.000 irlandeses por $105,50; 5.000 chinos por $34,50; 5.000 "integrados", conformados por una coalición de lesbianas y judíos, cuyo salario respectivo de $85,00 y $150,00 fue pagado por la Asociación de Comerciantes de la Calle 42, para evitar que la batalla tuviera lugar en la Calle 42 (de estos 5.000, 1.000 eran mujeres, que no querían ser discriminadas por razones sexuales, y se vistieron como hombres), y 5.000 policías retirados a $150,00 que, aunque excedían la edad promedio de las tropas de Rómulo, no pasaban los cuarenta años.

Por último los hombres de Rómulo fueron a Little Italy. Allí apelaron a discursos patrióticos. Dijeron que la comunidad ítalo-americana estaba amenazada y que sus vidas corrían serio peligro si la familia Galante perdía la guerra. Lograron reclutar 10.000 patriotas italianos voluntarios. Constituían un contingente heterogéneo de hombres que oscilaban entre los doce y los sesenta y cinco años de edad. Al igual que los sicilianos de la vanguardia, no aceptaron paga alguna. Sus familias provenían de diversas regiones de Italia y, temerosos del destino que podía correr la comunidad italiana en Nueva York, si la famiglia Galante perdía la guerra, decidieron olvidar las diferencias regionales. Se plegaron a la causa siciliana "auténtica" de Galante, contra el impostor, ebrio de poder, Giuliano Pomponio, y su consejero, el "loco" Aristóteles.

Galante pensó en un primer momento en contratar a algunos "especialistas", "Boinas verdes" u oficiales de la CIA, para dar un entrenamiento físico y militar adecuado a sus hombres, pero luego se dio cuenta que no hacía falta: para pelear en la calle lo decisivo era el valor, la ferocidad y el "odio a primera vista". La motivación que llevaba a la mayoría de sus hombres a pelear era infalible y la mejor que podía ofrecer América: el dinero. Una semana antes del día fijado para la gran batalla, Galante citó a su ejército en los amplios predios del Jardín Botánico del Bronx, junto al Jardín Zoológico. Rómulo ese día amaneció bastante enfermo y mandó a Johnny Galante en su lugar para que lo representara.

Johnny hizo formar al ejército, verificando el uniforme y armamento de cada batallón: los 5.000 sicilianos de la vanguardia se habían vestido con traje verde oscuro, corbata roja y zapatos blancos, e iban armados con pistola automática y ametralladora; los 5.000 hispanos usaban traje marrón y sombrero gris, y llevaban revólver Magnum y cuchillo bayoneta; los 5.000 negros iban vestidos con traje blanco y corbata violeta, y llevaban pistola y navaja barbera; los 5.000 irlandeses portaban bate de béisbol y bombas caseras, e iban en mangas de camisa y con capuchas negras; los 5.000 chinos usaban máscaras representando tigres o dragones, vestían quimono de seda verde e iban armados con espada de dos filos y barra con cadenas; los griegos llevaban escopeta de caza, una flauta colgando del cuello para incitar a los suyos al combate y honda para lanzar granadas, y vestían trajes regionales con bordados multicolores; la coalición de judíos y lesbianas vestían todos iguales: quimonos de algodón color azul y blanco, parecidos a pijamas, y gorros frigios que les cubrían enteramente la cabeza y hacían imposible distinguir a hombres de mujeres (excepto en el caso los judíos ortodoxos, que tenían barba), e iban armados con ametralladora, dos revólveres, una cinta de granadas, un cuchillo atado a cada pantorrilla y ganaron fama de haber sido los más crueles y aguerridos durante el combate; los policías retirados vestían con camisetas azules con las inscripción "13th. Precint I love New York", vaqueros Levi's, botas con tacones, sombrero Far West y cartucheras con dos revólveres Colt 45, y los 10.000 voluntarios italianos de Little Italy iban vestidos con camisa negra, sombrero montañés con plumas de gallo, botas altas abotonadas y estaban armados con pistola Beretta y ametralladora Uzi, y coreaban consignas a voz de cuello y levantaban la mano con la palma abierta, según la costumbre del saludo fascista.

Dos días antes de la batalla, el Obispo de Nueva York, Monseñor Jackie O'Keef, invitó a los jefes de los ejércitos enemigos a que se reunieran con él para buscar una solución al conflicto, pero ninguno de los dos aceptó; consiguió, eso sí, que Rómulo y Giuliano, en una muestra de su devoción por la Santa Madre Iglesia, le llenaran la Sede del Obispado con imágenes de santos de yeso y velas; además, cada uno le envió mil dólares para que diera una misa en beneficio de su ejército. El Intendente prohibió a los diarios que publicaran nada que se refiriera directamente a la batalla; deseaba mantener el "orden público" y los periodistas tuvieron que conformarse con alusiones metafóricas: el *New York Times* sacó en su primera plana el titular "Carnaval en Nueva York", el *New York Post*, "Llegó Julio César" y el *Daily News*, más osado que los otros periódicos, "La Maffia se defiende". Todos hablaban de una "manifestación pacífica", autorizada por el Intendente y la Policía; el *New York Post* insinuó la posibilidad de que algunos manifestantes llevaran "armas ocultas" y "se produjeran disturbios"; el *New York Times* afirmó que detrás de "la demostración y la contrademostración" se enfrentarían, en Herald Square, los intereses políticos Republicanos y Demócratas, dando a entender que los Demócratas (entiéndase el Intendente Thompson), se identificaban con el estilo populista de los Galante y su "manejo de los negocios" y los apoyaban, y los Republicanos apoyaban a Pomponio, por su belicismo y ambiciones imperialistas.

El domingo, 15 de septiembre, a las diez de la mañana, la Policía y la Guardia Nacional ya habían acordado el perímetro de la "manifestación"; las radios locales anunciaron que las columnas "venían marchando"; la de Galante, por el Grand Concourse, descendía desde el Sur del Bronx hacia Manhattan; la de Pomponio salía de la Villa Olímpica de Brooklyn. Giuliano y Aristóteles estaban felices; hacía un día de sol y eso les parecía un buen augurio. La Villa estaba a unas quince cuadras del Puente de Brooklyn y decidieron que sus hombres entraran en la ciudad a pie, como buena infantería; presidía la columna el Ford T de Giuliano, portando en el baúl una enorme pajarera con varios cientos de canarios amarillos; luego seguían los diversos contingentes de sicilianos: los de Palermo de traje negro, los de Catania de traje gris, los de Messina en mangas de camisa, el grupo que provenía de ciudades más pequeñas usaba traje marrón y los campesinos iban vestidos con ropas típicas.

Detrás de la columna, que marchaba a razón de diez hombres de frente y cubría unos tres kilómetros de longitud, venían varios camiones cubiertos que llevaban sobre la lona la inscripción "Comestibles" y transportaban las armas de fuego, evitándose así que la policía pudiera detenerlos antes de llegar a destino. La columna estaba dividida en batallones de quinientos hombres cada uno, dirigidos por piciotti en función de oficiales. El estado anímico de las tropas era óptimo: el día anterior habían corrido carreras de bicicletas, las familias más amigas se habían invitado a almorzar o a cenar, celebraron fiestas sexuales en común y los amantes se juraron amor más allá de la muerte, cantaron y rezaron, y por la noche escucharon la arenga de Giuliano, asegurándoles que la victoria estaba próxima y poco podría contra ellos un ejército de mercenarios, y la invocación de Aristóteles que recitó de memoria varias páginas de la *Summa Theologiae* en latín ante su audiencia arrodillada.

Esa mañana Giuliano les había dado abundante vino siciliano para alegrarles el espíritu y los 50.000 cadetes entraron en la explanada del magnífico Puente de Brooklyn cantando a voz de pecho marchas militares y canciones sicilianas. Desde el puente pudieron disfrutar una vista panorámica de la ciudad que habían venido a conquistar. Los edificios de Wall Street, en el sur de Manhattan, les parecieron, a diferencia de las viviendas de Brooklyn (que eran irreales y casi de juguete), elegantes y bellos.

- Esos rascacielos son hermosos, pero no tienen la historia que percibimos en los muros y los edificios de la ciudad de Palermo - dijo, escéptico, Aristóteles a Giuliano - Esta es una ciudad bárbara. Parece que hubiera sido hecha para el futuro, para desafiar el tiempo, pero ... ¿tendrá ese futuro? Cuántas ciudades construidas para siempre: Babilonia, Cartago, conocieron la destrucción y el polvo ... y aun la vieja Roma y la misma Atenas, ¿qué hay en las nuevas metrópolis de la antigua gloria imperial? Sin embargo ... - se sinceró - debo reconocer que Nueva York me seduce y me gusta. Es una ciudad-isla y los puentes la conectan a tierra firme y a otras islas, como si fuese el centro de una tela de araña.

Esto dijo y miró a Manhattan con voluptuosidad y con dulzura. Vestido con pantalón blanco y guayabera, Aristóteles tenía un cierto aire de santidad. Luego agregó:

- No sé por qué me emocionan tanto las ciudades, ¿será tal vez porque nací en un castillo y las considero una suerte de fortificación? Aunque esta ciudad es tan inmensa que parece más bien un hormiguero ...

- América es un hormiguero - dijo Giuliano, tornándose de pronto filósofo de las cosas pequeñas - Hemos venido a descubrir el nuevo mundo, que dicen es el mundo del futuro. Yo había creído que América era algo serio. Me equivoqué. Aquí reina un ambiente de feria y de supermercado.

- En lugar de la consumación de Grecia y Roma, esto parece más bien su reverso cómico. La humanidad evoluciona hacia la comedia y la sátira - reflexionó, melancólico, Aristóteles, la mañana de la inexorable batalla.

La columna salió del puente y pasó frente al City Hall. Giorno Miragalla, el capo de Catania, miró la fea fachada del edificio municipal y dijo, haciendo un gesto de disgusto, a uno de sus pisciotti:

- Mira, Carlo, más les hubiera valido imitar la arquitectura del Municipio de Palermo.

La columna tomó Chambers Street y se dirigió hacia Broadway. Si el ejército de Giuliano Pomponio estaba en inmejorables condiciones para el combate, como lo hemos demostrado, no podemos decir lo mismo del ejército de Rómulo Galante. Ninguno de los sicilianos de su vanguardia faltó a la cita de honor, pero de los 10.000 italianos de Little Italy sólo aparecieron 8.000: las disputas entre grupos habían hecho que muchos renunciaran a las ventajas de la guerra. De los 5.000 hispanos aparecieron sólo 2.500: Galante cometió el error de pagarles el día anterior y ese domingo los otros 2.500 le mandaron telegramas, dando parte de enfermos. De los 5.000 irlandeses llegaron unos 4.000 y entre estos había una cantidad tan grande de borrachos que era casi imposible mantenerlos en pie. Los chinos aparecieron todos a tiempo, con los kimonos impecablemente planchados. De los judíos unos 500 no se presentaron porque "no habían tenido tiempo de cerrar sus negocios" (la verdad es que el domingo era un día de pingües ganancias para muchos y habían preferido quedarse en sus tenderetes de Orchard Street antes que exponer la vida en una batalla). Las lesbianas fueron las primeras en llegar al punto de reunión y eran las que hablaban más alto e insultaban con más energía, prometiendo cortarles las bolas a los enemigos. De los negros de Harlem muchos dieron parte de enfermos; se presentaron unos 4.000; algunos llevaban rifles Remington que habían sido usados por sus abuelos en la Guerra Civil de Secesión, y hablaban de liberarse para siempre de la esclavitud. Los griegos estaban todos, así como también los policías; estos últimos tenían un aspecto tan feroz, que, más que hacia una batalla, parecía que se dirigían a reprimir una huelga.

El ejército de los Galante había quedado reducido a unos 40.000 hombres, mientras el ejército de Pomponio contaba con 50.000. Combatirían en un espacio físico muy limitado, en el que sería fundamental el aspecto sicológico: la habilidad de intimidar al enemigo y desmoralizarlo, aprovechando el factor sorpresa. Iban todos los soldados montados en camiones descubiertos; detrás seguían los camiones cubiertos, que transportaban los "alimentos." La gente del Bronx se agolpó en el Grand Concourse para verlos pasar y los vitoreó. Entraron en Manhattan por el puente de Willis Avenue, atravesaron El Barrio, en el sector Este de Harlem y luego bajaron por la Quinta Avenida. Al llegar a la calle 72 y la 5ta., Rómulo dio la orden de dirigirse al Central Park; fueron hacia el campo de deportes, hicieron un círculo con los camiones y se bajaron, dispuestos a tomar el sol y esperar que se aproximase la hora de la contienda.

El contingente de Giuliano Pomponio se dirigió a Times Square usando el tren subterráneo. Pudieron admirar esa maravilla de la ingeniería del Nuevo Mundo. Los irreverentes cadetes atestaron varios trenes y causaron a los conductores más de un dolor de cabeza, tirando de la cuerda del freno de emergencia a cada minuto. Giuliano y Aristóteles fueron en el Ford T con la pajarera por la calle Church hacia el norte; atravesaron una zona de fábricas de confecciones y depósitos de mercaderías; luego Church se transformo en la 6ta. Avenida y llegaron a Greenwich Village. Les llamó mucho la atención las escaleras de hierro que veían en el frente de los edificios de apartamentos, aparentemente sin ninguna función. Pensaron que sería otra de las locuras americanas: nadie podía subir a los apartamentos usando estas escaleras exteriores, se detenían unos tres metros antes de llegar a la acera y, además, ¿quién querría entrar en su casa por la ventana?

- Quizá sean para ayudar a los ladrones - bromeó Giuliano .

Les sorprendió ver las calles atestadas de automóviles, todos igualmente rectangulares y semejantes al de ellos; al llegar a la calle 8 el tránsito quedó bloqueado y no pudieron circular por diez minutos: jamás habían visto tantos autos juntos.

- Estos americanos son grandes fabricantes de máquinas - sentenció Aristóteles.

En la intersección de la calle 34, la Sexta Avenida y Broadway tuvieron que hacer un desvío, porque la policía había interrumpido el tránsito. Finalmente arribaron a Times Square, el centro del teatro, la droga y la prostitución. Descendieron del Ford T frente al alto edificio del New York Times y miraron hacia la punta de la torre donde, montada sobre un polo de acero, había una brillante esfera hecha de espejos. Aristóteles sonrió con satisfacción.

- ¿Qué es? - preguntó Giuliano a su consejero y maestro.

- Es el Tiempo - respondió Aristóteles - hemos llegado a la Plaza del Tiempo: esa esfera de espejos es el Tiempo.

- Este debe ser el Centro del Mundo - dijo Giuliano, atónito, rascándose la cabeza - Ver Nueva York y después morir.

Pasearon por la zona y miraron las vidrieras de los negocios de pornografía; entraron en uno y se pusieron a curiosear las revistas eróticas; admiraron en las vitrinas los penes plásticos, los látigos de nueve colas y las muñecas desnudas. La pareja tenía un aspecto tan extraño, siendo Aristóteles alto, delgado, canoso, barbado, vestido enteramente de blanco, y Giuliano bajo, muy corpulento, vestido con un traje negro, que los vendedores de drogas los perseguían por dondequiera que fuesen, ofreciéndoles mariguana, hashish, cocaína y hasta les hicieron generosas y consistentes rebajas, sin conseguir que estos les entendiesen. Luego los dos amigos se detuvieron a ver las carteleras del teatro New Apollo, que anunciaban la aparición en persona de la divina Greta Garbo; en la puerta del teatro había una fotografía de tamaño real, que realzaba la flacura de mancebo de la patética diva. Junto a esta exhibían la fotografía de una actriz de segunda categoría, de pechos voluminosos, cara de ángel y pelo rubio, que les llamó mucho la atención y les gustó más.

En la calle 43 y Broadway vieron a un indio que encantaba serpientes: Aristóteles observó todo con la boca abierta y, al terminar la ceremonia, comprobó que le habían robado el reloj. Los sicilianos ya colmaban el sector; iban llegando en el tren subterráneo de la línea Broadway en tandas cada vez más numerosas. Todos miraban con sorpresa el colorido espectáculo americano. Los capos y los piciotti rodearon a Giuliano y se decidió que era tiempo de bajar hacia Herald Square. Se fueron formando sobre Broadway en escuadras de diez hombres de ancho por cien de fondo y empezaron a marchar. Cuando llegaron a Herald Square vieron que los hombres de Galante ya habían descendido de los vehículos. Los camiones de "comestibles" que Giuliano había apostado en el área empezaron a distribuir las armas a sus hombres; a las armas clásicas de cada contingente Giuliano hizo agregar un cuchillo de caza extra por combatiente, ya que preveía que en la batalla la lucha cuerpo a cuerpo podía decidir el resultado. Cuando todos los soldados estuvieron armados Rómulo Galante se adelantó hacia Giuliano, acompañado por su hijo Johnny, que lo sostenía del brazo.

- De acuerdo a lo convenido, Uds. ocuparán el lado Sur de la calle 34 y nosotros el Norte - le dijo Giuliano - Una vez que los ejércitos tomen posiciones en el campo y nosotros hayamos hecho las arengas, daremos la orden de iniciar el combate.

Rómulo Galante asintió y volvieron hacia donde estaban sus hombres aguardándolos. Los capos y los piciotti que formaban el Estado Mayor del ejército de Giuliano rodearon a su Comandante Máximo y, luego de recibir las órdenes, cada uno se dirigió a su batallón, dispuestos a tomar posiciones. El ejército de Giuliano y el ejército de Rómulo se desplazaron por la calle 34. Giuliano ordenó hacer un alto y, junto con Aristóteles, procedieron a reconocer el terreno donde se desarrollaría la batalla. En la acera norte de la calle 34, entre la 6ta. y la 7ma. Avenida, estaba Macy's, una "supertienda" que ocupaba un solo edificio de doce pisos de altura y abarcaba toda la manzana; entre la 6ta. y la 5ta. Avenida había una serie de edificios de diversa altura, que tenían a nivel de la calle locales comerciales. El primer local, sobre la esquina norte de la 34 y la 6ta. Avenida, era un negocio de la cadena Mc Donald's, que vendía hamburguesas hechas de carne, harina de maíz y hueso molido; a continuación venía una sucursal de la cadena Carvel, fabricantes de helado descremado imitación crema, integrantes de la corporación Carvel International, S.A.; luego había un negocio de la cadena Pizza Hut, que vendía pizza híbrida ítalo-americana y pertenecía a la corporación de Pizza Hut y Beatrice Foods; a continuación, un negocio de sándwiches y hot dogs de la cadena Blimpie, subsidiaria de Coca Cola International; luego una librería de la cadena Dalton, especializada en "Best Sellers" o libros escritos por escritores no profesionales sobre temas no literarios para la promoción del analfabetismo funcional; después venía una sucursal de la zapatería Florshein, que vendía zapatos de cartón y plástico, imitación cuero, y pertenecía a la Corporación Florshein Shoes Emporium.

Todos estos comercios habían cerrado esa tarde de domingo sus puertas al público. Los negocios de la acera sur, en la que se apostarían los hombres de Rómulo, igualmente representaban el rico interés comercial de los americanos, pero lo que más atraía la atención era un edificio en construcción, ya casi terminado, en la esquina sur de la calle 34 y la 5ta. Avenida; era el Empire State, o Edificio del Imperio Norteamericano, una torre escalonada de acero y cemento de 102 pisos y más de 450 metros de altura que culminaba en una aguja; abrazado a la punta del elegante rascacielos, como una especie de oxímoron simbólico, había, increíblemente, un feo y enorme gorila (apenas lo descubrieron todos miraron hacia la altura, con estupor).

Giuliano le preguntó a Aristóteles como podía ser que un gorila tan enorme (no media menos de 60 metros de altura) estuviera en ese sitio y Aristóteles le respondió que América era una tierra de embrujos y encantos, y que sus habitantes consideraban de buen gusto unir lo elevado con lo bajo y grosero, y que ese gorila subido a la estilizada torre del imperio mundial era un símbolo de la cultura norteamericana. Giuliano preguntó si el gorila no iría a bajar de la torre y tomar bando en la contienda a favor de uno de los dos ejércitos, pero Aristóteles lo disuadió de sus temores, explicándole que ese gorila, como tantas otras cosas en América, no era real, se trataba de una imitación y, seguramente, formaría parte del reparto de alguna película de Hollywood. Esto alarmó a Giuliano y confesó a su consejero su temor de que Hollywood fuera a mediar en la batalla con algún truco, transformándola en una parodia o escena de ficción. Aristóteles le explicó que según lo había entendido bien Santo Tomas (y para comprobarlo no había más que leer la *Summa Theologiae*) era imposible cambiar la realidad en ficción y viceversa, y puso como ejemplo el caso de la Eucaristía, en que el pan y el vino se transformaban en la carne y la sangre de Cristo, no de manera simbólica ni como representación, sino de manera substancial y real, sin ficción alguna, como lo sabían todos los católicos que comulgaban en la misa y comían el verdadero cuerpo de Dios. Giuliano, finalmente, tuvo que rendirse ante la evidencia que le presentaba su maestro y aceptó como prueba concluyente que la realidad era real y la ficción era ficticia, y la ficción excluía toda realidad y la realidad toda ficción.

Una vez reconocido el terreno, Giuliano dio orden a sus tropas para que ocuparan el campo. Sobre la calle 34, entre la 5ta. y la 6ta. Avenida, se formaron los infantes de Catania, al mando del capo-maffia Miragalla; entraron unos 3.000 y su jefe hizo formar a los otros 2.000 en retaguardia, sobre la 5ta. y la 6ta. Avenida hacia la calle 35, como reserva, para reemplazar a los caídos en combate; estaban vestidos con traje gris y sombrero ranchero, llevaban un Colt en cada mano y en la boca, apretada entre los dientes, una navaja barbera, dispuestos a usarla en la lucha cuerpo a cuerpo, tan pronto como se les descargaran los revólveres; se ubicaron en dos nutridas filas, una rodilla a tierra y la otra de pie. En la calle 34, entre la 6ta. y la 7ma. Avenida, Giuliano dispuso sus 5.000 cadetes de Palermo, vestidos de traje negro y sombrero Borsalino; apuntaron sus fusiles automáticos hacia el enemigo y se quedaron esperando la orden de su jefe. La Avenida Broadway, siendo una diagonal, permitía la formación de dos plazoletas triangulares, centro de Herald Square, en el punto de intersección con la 6ta. Avenida, una al norte de la calle 34 y otra al sur, creando un espacio adicional para los ejércitos; allí Giuliano ubicó a los hombres de Messina, apodados "los cerriles", que iban en mangas de camisa, usaban boina negra y estaban armados con escopetas de caza. Atrás, sobre las calles 35, 36 y 37, Giuliano distribuyó a los 15.000 hombres de las ciudades del interior, en traje marrón a rayas y con diversas armas, y los 20.000 de la campaña, con ropas típicas, apodados "los degolladores" y "los guerrilleros de la tradición".

Rómulo Galante distribuyó a sus huestes de la siguiente manera: en la acera sur de la calle 34, entre 5ta. y 6ta. Avenida, ubicó a los sicilianos, vestidos de traje verde, con pistolas automáticas; entre 6ta. y 7ma., a los italianos de camisa negra y sombrero con plumas de gallo, armados con ametralladoras Uzi; en la intersección de la 6ta. y Broadway, a los griegos, vestidos con trajes regionales, armados de escopetas de caza y hondas lanzagranadas; en las calles laterales aguardaban, listos para el combate, los hispanos, los negros, los irlandeses, los chinos, los judíos, las lesbianas y los policías retirados.

Dadas las condiciones del campo de batalla, la táctica de ambos bandos era la misma, y consistía en atacar, una vez dada la orden, con la mayor energía y coraje posible, causarle gran cantidad de bajas al enemigo y tratar de expulsarlo del terreno asignado para la batalla (de la 5ta. a la 7ma. Avenida y de la calle 30 a la 38), que estaba acordonado por efectivos de la Policía y la Guardia Nacional, fuertemente armados, respaldados por carros blindados con ametralladoras de 24 mm. Todos los comercios formales de la zona, como indiqué, estaban cerrados ese día, y tampoco se veían en las aceras los tenderetes callejeros que normalmente daban a la calle 34 ese aspecto de feria turca y de bazar; las estaciones de subterráneo igualmente habían sido clausuradas. Los dos ejércitos eran los dueños del lugar. La "batalla de Herald Square" o de "los nietos de Garibaldi", como la gente solía llamarla después, debía terminar, según el acuerdo establecido entre las partes, a las 12 de la noche, o la Guardia Nacional intervendría para evacuar el área.

Apenas pasadas las dos de la tarde de ese domingo de sol, Giuliano Pomponio se paró frente a la puerta de Macy's, sobre la calle 34, dispuesto a dar la orden para iniciar la batalla; junto a él estaba Aristóteles, vestido de blanco, imperturbable; llevaba en la mano un ejemplar del libro de A. Cutrera, *La Maffia e i maffiosi* (su intención había sido llevar un tomo de la *Summa Theologiae* para leerlo en latín, en voz alta, en el momento que arreciara la lucha, e infundir coraje a sus hombres, pero, a consecuencia del apuro y del nerviosismo, agarró el libro equivocado; en un principio consideró dejarlo en el auto, pero luego optó por tomarlo, al recordar que casi todos sus hombres eran analfabetos y lo importante para ellos era el Libro, y no qué libro).

El estado de animo y la moral de las huestes de Giuliano eran inmejorables; siendo hombres de su General, los fortalecía tanto más la presencia de sus amantes: se habían alineado en parejas, dispuestos a defender su amor, sus vidas y su causa. En la acera de enfrente estaba el ejército del rejuvenecido Rómulo Galante, que se puso frente a sus tropas, usando una bocina de mano y las arengó en inglés:

- Valientes soldados de la Maffia neoyorquina, voluntarios y mercenarios: Uds. son hombres de coraje y tienen más huevos que la Estatua de la Libertad que está frente a la isla de Manhattan - todos levantaron las armas y vitorearon - y más huevos que el gorila americano que está encima del Edificio del Imperio; de ustedes depende el futuro del mundo, de ustedes, crisol de razas: sicilianos, italianos, hispanos, negros, judíos, irlandeses, chinos, griegos, lesbianas y policías retirados. Allí delante tienen a uno de los ejércitos más corruptos y débiles que la historia militar del mundo puede registrar: son una secta de pederastas pedones y fofos, cuyo entrenamiento bélico se reduce a la borrachera y a las comilonas, debilitados por el uso del jabón Lux de tocador y las carreras de bicicletas. Ustedes, mis esforzados guerreros, van a hacerlos pedazos: no les den cuartel, ¡más vale, sí, perro muerto que maricón vivo!

Todos dieron grandes voces, profirieron los insultos del caso y vitorearon a su General. Luego le llegó el turno a Giuliano, que dijo en dialecto:

- Queridos sicilianos: esto que tienen frente a ustedes no es un ejército, sino una murga de carnaval, compuesta de italianos renegados, irlandeses borrachos, judíos negociantes, lesbianas resentidas, chinos tintoreros, policías arrepentidos y otros mercenarios, porque ese ejército es un ejército pago, como todo en este país, en que todas las cosas y personas valen entre 29,50 y 199 dólares. Nosotros lucharemos, fortalecidos por el mutuo amor de nuestros amigos, y daremos nacimiento, en esta misma batalla, con nuestra victoria, a la nueva Asociación Internacional de Defensa de la Tradición Siciliana, gracias a la cual la Omertà será dueña del mundo. Tenemos todo por conquistar; hemos venido de nuestra antigua patria, rica en cultura y en tradiciones, a esta tierra de bárbaros, para enseñarles lo que es el arte de la guerra. A medida que avance la batalla los canarios de la Omertà - y señaló la enorme pajarera que había hecho colocar junto a la puerta de Macy's -, rúbrica de nuestro estilo, les taparán la boca a esos cobardes para siempre, anunciando al futuro nuestro dominio. ¡Adelante, con valor, victoria o muerte, venceremos!

Los hombres de Giuliano repitieron "¡Victoria o muerte, venceremos!" e iniciaron una infernal gritería, hasta que su General levantó la mano, satisfecho. Las arengas habían terminado y todos apuntaron sus armas. Rómulo y Giuliano dieron simultáneamente la orden de fuego. Sonaron los estampidos en la calle 34, multiplicados en eco por las paredes de los rascacielos, que, como desfiladeros, amplificaban el estruendo: tiros de fusil, de pistola, escopetazos, ráfagas de ametralladora; pronto las aceras de ambos lados se volvieron un tendal de heridos y de cadáveres ensangrentados, y los que quedaron en pie cruzaron la calle y con gritos de furor e insultos de "¡va fa'n culo!", "¡morto di fame!", por parte de los sicilianos, y "fuck you!", "dirty fagots!", de los mafiosos americanos, se lanzaron a la lucha cuerpo a cuerpo, usando las culatas de las armas de fuego, los cuchillos de caza y las navajas barberas.

Los soldados de Catania se enfrentaron con los siciliano-americanos de Galante y la vanguardia de Palermo con los Camisas Negras; los de Messina, ubicados en la diagonal, hicieron punta de lanza contra los griegos, que ocupaban la plazoleta sur. Mientras tanto, los sicilianos de las ciudades del interior y los de la campaña del ejército de Giuliano Pomponio fueron filtrándose entre la turbamulta, por encima de los muertos y heridos, hasta llegar al frente de batalla; lo mismo, aunque con menos fervor, hicieron los mercenarios de Galante. Los hispanos avanzaban al grito de "¡Viva Martí!", los negros al grito de "¡Viva Lincoln!" y "¡Viva Jim Brown!", las lesbianas al grito de "¡Mueran los maricones!", los policías retirados al grito de "¡Qué mueran todos!", los judíos al grito de "¡Abajo el pogrom!" y los chinos al grito de "¡Viva Mao Tse Tung!".

Menudeaban los tiros y las cuchilladas, y el campo de batalla no tardó en extenderse a las vidrieras de los negocios aledaños, que no resistieron los proyectiles. Algunos se trabaron en lucha cuerpo a cuerpo en las vidrieras de Macy's y rodaron entre los maniquíes, envueltos en vestidos de mujeres de diversos colores. Un maniquí perdió la cabeza de una cuchillada y un vestido de gasa terminó teñido en sangre. La pelea pasó de las vidrieras al interior de los salones, y de la planta baja al primer piso y a los pisos siguientes de Macy's. En la Sección de Joyería y Perfumería de la planta baja los negros, colgándose aros de oro en las orejas, huían acosados por los palermitanos de Giuliano, que aprovechaban para echarse chorritos de perfume francés "Princess de Nantes" en el cuello. Un héroe siciliano, en la Sección de Deportes del cuarto piso, montado sobre unos patines, persiguió a un grupo de barbados judíos ortodoxos por todo el piso, hasta que finalmente logró vencerlos y humillarlos, metiéndoles un remo por el culo, grave ofensa a la ley Mosaica.

La infantería hispana de Galante había entrado en batalla usando trajes de color marrón, y esto originó una confusión, porque era el mismo color de ropa que usaban los sicilianos de provincia de Giuliano; algunos, ante el temor de matar a uno de su propio bando, optaban por no atacar a todo soldado vestido de marrón, negligencia que tuvo consecuencias fatales en varios casos; otros, temerosos de ser victimados por un enemigo encubierto, preferían atacar y matar, de ser posible, a todo soldado de traje marrón; a ninguno se le ocurrió preguntar al contrario en que bando militaba (la diferencia de lengua de los contrincantes hubiera delatado al enemigo) porque esto hubiera sido una sutileza excesiva para los apasionados y románticos sicilianos, y un gasto inmerecido de palabras para los prácticos americanos. Finalmente, Giuliano, para solucionar la situación, mandó a sus sicilianos de provincia a acuartelarse en la Juguetería de Macy's, en el 7mo. piso, y les ordenó que se entretuvieran allí por un rato; luego ordenó a sus hombres cargar contra los restantes soldados de traje marrón y pronto todos los hispanos, o murieron acuchillados o baleados, o huyeron vergonzosamente del campo de batalla.

La rotura de las vidrieras ocasionó problemas adicionales, porque muchos de los irlandeses y los negros en lugar de pelear se dedicaron a saquear las tiendas, y algunas parejas de sicilianos empezaron a probarse ropas, especialmente vestidos de fiesta y trajes de bailarina, y dejaron la batalla.

Unos soldados usaban los tarros de helado Carvel como proyectiles contra sus contrincantes; volaban las hamburguesas congeladas y los hotdogs; el suelo se cubrió de alimentos, miembros cortados y cabezas cercenadas; la salsa de tomate de los potes de ketch up se mezclaba con la sangre de los muertos y heridos. También le llegó el turno a los zapatos de Florshein y hubo quien recibió muerte violenta ultimado a zapatazos; muchos libros best sellers de tapa dura, arrojados con inusual fuerza, se estrellaban contra las cabezas de los combatientes, y había cadáveres casi cubiertos con ejemplares de *Soy paralitico y optimista,* de John Green, *Cómo gané un millón de dólares y cómo ganaré otros más,* de Richard Wheet, *El libro de los tragos largos,* de Joe Barman y *La razón de mi vida*, de Hellen Keller.

En la batalla hubo grandes actos de riesgo y valor. Las parejas de amantes sicilianos lucharon hombro a hombro durante horas; cubiertos de heridas, sus fuerzas no cesaban; ultimado el amante, optaban por lanzarse solos contra grupos de tropas enemigas y caer luchando, vendiendo cara la vida. Entre estos hechos heroicos hay muchos que merecen ser contados. Uno de los que conmovió más a sus compañeros fue el que protagonizaron Giovannoto y Fortaccio, dos amantes ejemplares. Pasada la batalla, sus amigos solían repetir la historia a los que no los habían conocido, como prueba del espíritu indomable de la Maffia.

Ambos jóvenes provenían de antiguas familias sicilianas, que habían tenido cargos políticos de importancia en la Cosche Nostre. Giovannoto era un palermitano de belleza extraordinaria. Su vida en el barco había sido muy accidentada, porque todos de inmediato se enamoraron de él y él no despreció a nadie, hasta que finalmente el destino le deparó el encuentro con Fortaccio y conoció el verdadero amor.

Fortaccio era un provinciano natural de Siracusa, pero había residido por varios años en Palermo; integraba con su amante la Vanguardia dirigida personalmente por Giuliano y ambos se sentían orgullosos de ese privilegio. Fortaccio era de cuerpo robusto y desproporcionado, aunque de atractiva masculinidad; le costó poco trabajo seducir a Giovannoto y hacerlo suyo, pero le fue difícil convencerlo de que le fuera fiel. Finalmente este se le entregó de corazón y renunció a un papel de "estrella" femenina en una de las obras del festival de teatro para no herir sus sentimientos, sabiendo que era un enamorado muy celoso y violento. Y si Giovannoto era único por su belleza, Fortaccio no tenía par en cuanto a su fidelidad y devoción y todos los consideraban una pareja singularmente feliz. Andaban siempre juntos y no se perdían pisada; hablaban de poner una pizzería en Little Italy si todo iba bien y planeaban ganar gran fama por su valor en la batalla. No sabían que el Destino les tenía preparado un papel muy especial en el teatro del mundo y, si bien la historia patética de Giovannoto y Fortaccio no morirá mientras haya maffiossi que la repitan a sus nietos y amigos, los pobres amantes esa tarde conocieron para siempre el rostro de la noche sin fin.

En la batalla lucharon en primera fila, sin dar ni pedir cuartel; cuando no les fue posible usar más sus armas de fuego por la confusión del combate, se lanzaron contra el enemigo cuchillo en mano; Fortaccio recibió un navajazo en la mejilla pero su enemigo resbaló y Fortaccio le hundió el cuchillo en el vientre, la parte del cuerpo en que la herida mortal es más dolorosa; cuando retiró el cuchillo salió un chorro de sangre y los intestinos del hombre se desparramaron por el suelo. Giovannoto, que había presenciado todo sin poder ayudarlo, en un primer momento temió por su amante. Giovannoto era un joven muy ágil y se había envuelto el antebrazo izquierdo con el saco para parar las golpes en la pelea, a la manera de los gauchos y los cuchilleros argentinos; un enemigo se adelantó, Giovannoto detuvo el golpe y envistió con el cuchillo en punta hasta que le encontró las costillas al rival, que retrocedió chillando de dolor adonde estaban los suyos.

Todos las que quisieron probar suerte con Giovannoto y con Fortaccio quedaron tendidos en el campo de batalla, muriéndose despacio, hasta que uno de las piciotti de Galante, un tal Framugio Valenta, hijo de padres sicilianos pero nacido en Norteamérica, les fue a hacer frente, respaldado por varios de sus hombres. Framugio tenía una navaja de hoja larga y en punta; Giovannoto logró herirlo en el pecho y Valenta cayó al suelo de rodillas vomitando sangre e insultando, mientras sus ojos se iban llenando de lágrimas, aún no resignado a morir; mortalmente herido, le tiró un feroz golpe con su navaja filosa, que Giovannoto tuvo que parar con el antebrazo. Sintió un dolor agudo y, cuando quitó el saco que envolvía su mano para ver la herida, su puño cerrado rodó por el suelo. El muñón manaba abundante sangre.

Doblegado por el dolor y la pérdida de sangre el apuesto mancebo cayó al suelo. Fortaccio, sin pensar en el peligro, se abalanzó hacia él para levantarlo. Varios de los hombres de Valenta, que estaban observando, deseosos de vengar a su jefe, fueron a atacarlo. Fortaccio le dio un tajo tan profundo en el cuello al primero de ellos que la cabeza rodó por la calle con las ojos abiertos y la boca aún gritando de dolor. Sin embargo, eran muchos contra uno solo. Lograron herirlo en el hombro. Con la pérdida de sangre se le fue nublando la visión. Después, recibió una puñalada en el vientre y, al comprender que iba a morir, quiso acercarse al cuerpo de su bello amante, que se desangraba lentamente, para caer junto a él. Uno de sus enemigos, un tal John Cavalcante, antes de que llegara le dio una cuchillada en la cara y la hoja salió por el oído: la mano tendida de Fortaccio nunca alcanzó a apretar la mano aún tibia de Giovannoto. Los enemigos cortaron la hermosa cabeza de Giovannoto y se la pasaban entre sí para burlarse. Giuliano, al enterarse de la suerte que habían corrido los dos muchachos, se enterneció y derramó lágrimas de dolor. Esta es la historia trágica de Fortaccio y Giovannoto; si hay un paraíso de los amantes, allí estarán ellos, olvidados de su noche americana, paseándose, tomados de la mano, por las prados de la Magna Grecia.

Entre los americanos, también había muchos hombres valientes que lucharon esforzadamente. Se destacaron los irlandeses, cuya pasión por el béisbol era tan extraordinaria, que fueron a la batalla armados con bates; cuando alguna de las granadas que lanzaban los griegos con sus hondas pasaba cerca de ellos, no podían dejar de batearla, a pesar del peligro que esto representaba, pues la granada por lo general estallaba y el irlandés vendía cara su vida, llevándose con él a todos los que lo rodeaban, casi siempre igual número de sicilianos y americanos, ya que en el combate estaban todos mezclados y confundidos. También dieron prueba de valor las lesbianas, la mayoría de ellas fisicoculturistas de gran desarrollo muscular, cuya capacidad con las armas blancas quedó probada esa tarde.

En la batalla predominó el uso de cuchillos, bayonetas y navajas, justificable por la falta de espacio para el empleo continuo de armas de fuego, y por el tipo de entrenamiento militar de los americanos, criados en los ghettos y acostumbrados a las guerras de pandillas, así como por la preferencia cultural de las sicilianas, que eran, después de todo, hijos legítimos de la Magna Grecia. Giuliano recorría el campo de batalla acompañado de varios piciotti y guardaespaldas. Como era muy bajo y no podía ver bien lo que pasaba a su alrededor, pidió a dos de los más fornidos de sus hombres que llevaran su pesado corpachón en andas. Así elevado, veía y dirigía las operaciones. Lo seguían varios soldados del regimiento elite de palermitanos portando las pajareras, símbolo de la concepción artística con que quería estilizar el hábito criminal americano, cuyo espíritu de creatividad estaba prácticamente aniquilado por la mecanización industrial, que negaba a las asesinatos toda trascendencia estética. Sus hombres iban metiendo los canarios vivos en la boca de las soldados moribundos de Rómulo Galante y, aunque sólo tuvieran tiempo material para firmar así una cantidad limitada de cadáveres, el estilo bélico de Giuliano Pomponio estaba presente dondequiera.

Aristóteles, mientras tanto, se paseaba solo por el campo de batalla, entre balazos y cuchilladas, subiendo y bajando por los montones de cadáveres. Ni las balas ni las hombres se atrevían a tocarlo. Alto, delgado, de cabello, barba y ropa blancas, con gesto y actitud mística, parecía un santo llegado del cielo para interceder por los combatientes. Su única arma era el libro *La Maffia e i maffiossi,* que llevaba en la mano derecha. A las seis de la tarde, cuatro horas después de iniciada la batalla, la cantidad de cadáveres apilados en la calle 34 era tan grande, que hacía muy difícil el paso. La lucha se trasladó al interior de los locales de negocios, las calles laterales y los túneles del subterráneo, que los combatientes no tardaron en invadir, después de abrir a balazos las puertas de rejas que les bloqueaban el acceso. Todos luchaban con mucho ardor.

Como a las siete de la tarde, cuando empezaba a oscurecer, ocurrió un incidente digno de mención: uno de los negros de Harlem, tratando de apuntar con su viejo Remington a la cabeza de un palermitano al grito de "¡viva Jim Brown!", resbaló en la sangre que cubría el suelo y el tiro salió para arriba y le fue a dar en el culo al gorila que estaba encima del Empire State. Era este un animal de hule de sesenta metros de alto, inflado con helio, un gas combustible; la bala no solo abrió un orificio en el culo del gorila, sino que además inflamó el gas y por el ano de la bestia empezó a salir una llamarada, mientras que, al perder aire, producía un potente ruido parecido a un gran pedo. Los combatientes, sicilianos y americanos, levantaron los ojos hacia el Empire State y uno de los negros gritó: "¡El gorila está cagando fuego!"

Todos bajaron las armas y empezaron a gritar, horrorizados, creyendo que se trataba del gesto vengativo de un poder airado, que estaba en contra de su ejército. Aristóteles, viendo lo peligroso de la situación, tan pronto como tuvo oportunidad de ser oído, comenzó a dar voces, levantando el libro de *La Maffia e i maffiossi* que llevaba en la mano; fingiendo que lo leía, se puso a recitar de memoria trozos de la *Summa Theologiae* en latín; su plegaria o encantación, en la ignorada lengua ritual, conmovió el espíritu rudimentario de los combatientes. El gorila, al perder el aire, fue reduciendo su tamaño, hasta que prácticamente desapareció, y todos creyeron que Aristóteles había obrado ese milagro con su plegaria. Viendo que su astucia había triunfado, Aristóteles dio gritos en dialecto siciliano, ordenando que siguiera la batalla, y así los hombres volvieron a acuchillarse y a matarse.

Los vecinos que vivían en las inmediaciones de Herald Square y oyeron los tiros y los estallidos, que se sucedieron ininterrumpidamente desde el comienzo de la batalla, no habían tardado en comunicar las nuevas a sus amigos. En menos de dos horas, a pesar del silencio oficial, ya lo sabía todo Manhattan. Diversos grupos de curiosos pugnaban por acercarse al lugar de los hechos, pero encontraron que estaba cercado por el doble cordón de la Policía local y la Guardia Nacional. Al no poder entrar en el área, optaron por marchar hacia Times Square y reagruparse allí. Aunque no sabían con exactitud cuál era la causa de la lucha, circulaban diversos rumores que trataban de interpretar las posible motivaciones de los combatientes: unos afirmaban que los negros de Harlem tenían como símbolo de su lucha al abolicionista Jim Brown, líder de una revuelta de esclavos iniciada en el Sur dos años antes de la Guerra Civil, y que luchaban para liberarse del vasallaje que padecían en esa sociedad; otros decían que los hispanos oprimidos del ghetto puertorriqueño de El Barrio caían voceando el nombre de José Martí y, por lo tanto, estaban luchando por la libertad de los pueblos caribeños y centroamericanos oprimidos; los homosexuales escucharon que el ejército de Sicilia estaba integrado por pederastas invencibles que combatían por la emancipación sexual; las lesbianas sostenían que sus hermanas morían por obtener la igualdad de las mujeres y otras minorías discriminadas por motivos sexuales ante la ley, y los irlandeses afirmaron que sus compatriotas fanáticos del béisbol peleaban por la liberación de su heroico país colonizado; los policías pensaron que los policías retirados luchaban por el aumento de sus pensiones y los italianos de Little Italy decían que los combatientes querían que el Estado diera una subvención a los restaurantes de su barrio. Así, cada grupo de la sociedad se sintió representado, incluidas las mujeres anglosajonas ricas, las WASP, que consideraron que ese era un momento adecuado para reclamos feministas, y solicitaron que las mujeres que luchaban recibieran igual pago que los hombres por el mismo trabajo.

Cada grupo compuso rápidamente sus pancartas y al grito de "¡viva la libertad!, ¡abajo la esclavitud!", empezaron a pasearse alrededor de la torre de Times Square. Sus cartelones decían: "Libertad a los homosexuales, Asociación de Homosexuales Americanos"; "Abajo los comunistas, Asociación Nazi Americana"; "Qué mueran los extranjeros, Camisas Negras de Nueva York"; "Abajo la esclavitud, Partido Nacionalista de Harlem"; "La revolución empieza en casa, Partido Comunista"; "Viva Puerto Rico libre, Partido Independentista Boricua"; "Queremos libertad de trabajo, Prostitutas de Times Square"; "Fundemos un Estado judío, Asociación Sionista Internacional"; "Fuera el enemigo inglés de nuestra patria, Ejército de la República Irlandesa"; "Los sindicatos para los trabajadores, Asociación Internacional de Trabajadores"; "Europa para Alemania, América para Norteamérica, Partido Republicano"; "Abajo el comunismo, viva la libertad de mercado, Partido Demócrata". No se vieron grupos defendiendo a la Maffia, por obvias razones. Los grupos fueron haciéndose más numerosos y a las ocho de la noche se calcula que había unos 200.000 manifestantes reunidos en Times Square. La multitud se extendía hasta las inmediaciones de la calle 38 y amenazaba con romper el cordón policial y confundirse con los mafiosos combatientes. Las fuerzas de seguridad, inquietas ante la posibilidad de que estallara una insurrección popular, colocaron sus carros blindados de asalto en posición, listos para el ataque.

A las ocho de la noche, en Herald Square, los muertos eran tantos que prácticamente imposibilitaban que siguiera la contienda. Rómulo y Giuliano decidieron detener la lucha por media hora para recoger las cadáveres y dar un descanso a sus tropas. Cesaron los disparos, los insultos y los ayes, y los combatientes de ambos ejércitos se abocaron a la penosa tarea de acarrear a sus muertos, los de Giuliano a la plazoleta norte de la intersección de las avenidas Broadway y 6ta. y los de Rómulo a la plazoleta del lado sur. La pila de cadáveres de los americanos de Rómulo era visiblemente más numerosa que la de las muertos de Giuliano; la de Rómulo tenía aproximadamente unos 20.000 cadáveres multirraciales y la pila de Giuliano Pomponio unos 15.000 sicilianos sacrificados. La victoria, hasta ese momento, era de los mafiosos internacionalistas de Giuliano, ante la mafia americana de Rómulo, pero aún quedaban en pie de guerra unos 20.000 hombres de Rómulo y unos 35.000 de Giuliano, por lo que la batalla podía continuar sin dificultad alguna hasta media noche.

En ese momento ocurrió algo imprevisto que turbó el duelo e interrumpió el trabajo de los guerreros, que recogían del campo de batalla los cadáveres de sus camaradas caídos en combate. Empezaron a escuchar un creciente griterío y luego disparos de fusiles y ametralladoras que provenían del norte. Rómulo acordó con Giuliano extender el cese del fuego por otra media hora, hasta las nueve de la noche, y mandó a dos de sus piciotti a averiguar de qué se trataba.

Al rato llegaron los enviados de Rómulo, informándole que, en Times Square, una multitud muy superior en número al de ambos ejércitos reunidos, luchaba contra la policía a palazos y pedradas, por razones que no pudieron determinar a ciencia cierta. Interrogaron a uno y les respondió que luchaban por la libertad de Irlanda, otro les dijo que por los derechos de los homosexuales, otro que por los derechos de los trabajadores, otro que por la igualdad racial, y así, ninguna de las razones coincidían y hasta parecían responder a intereses contradictorios. Era evidente que todos las insurrectos tenían un gran espíritu de lucha, porque los policías llevaban las de perder.

Pocos minutos después llegó una delegación conjunta de la Asociación de Homosexuales Americanos y del Ejército de la República Irlandesa a parlamentar con ellos. Propusieron a Giuliano Pomponio y a Rómulo Galante que hicieran un frente común con los homosexuales y los irlandeses americanos, contra el opresivo e injusto Estado norteamericano. Los sicilianos, como grupo minoritario, podían unirse a ellos, en vez de insistir en una guerra civil sin sentido. Las inclinaciones pederastas de los sicilianos eran por todos conocidas. En el grupo de combatientes americanos había representantes de cada minoría oprimida, hasta de la minoría fascista, y nada mejor para ellos que asociarse a los homosexuales y a los irlandeses nacionalistas. Proponían dividir la ciudad de Nueva York en dos, levantando un muro de tres metros de alto, coronado por una alambrada de púas, a lo largo de la calle 42, desde la ribera del Hudson hasta el East River, atravesando Manhattan de Oeste a Este. Según dijeron, sería relativamente fácil conseguir el material de construcción necesario y contratar unos 500.000 trabajadores que construirían el muro en unas pocas horas, mientras sus simpatizantes mantenían a la policía a raya. La Guardia Nacional, creían, no tenía orden de disparar contra la multitud.

Un piciotti de Rómulo fue traduciendo la propuesta a Giuliano y cuando los embajadores terminaron su discurso no hizo falta siquiera que Rómulo y Giuliano se miraran: la respuesta fue un rotundo "no". Aristóteles, más conciliador, explicó a los embajadores que, si trataban de levantar un muro en la calle 42, para dividir en dos la ciudad, la Guardia Nacional los volaría en pedazos y, en el caso que tuvieran éxito, siempre quedaría el problema de quiénes se irían a vivir al Norte de Manhattan y quiénes permanecerían en el Sur. Las fuerzas de Giuliano y las de Rómulo de ninguna manera podían estar en el mismo bando.

El enviado irlandés respondió que en el Norte de la isla pondrían a los comunistas y a los negros, y en el Sur a los fascistas, a los irlandeses y a los homosexuales. El enviado homosexual intervino contradiciendo a su compañero; dijo que eso era imposible, porque los fascistas eran machistas y chauvinistas y atacarían a los homosexuales. Finalmente, los delegados entraron en razón, y la idea de formar un frente común solidario entre la Mafia y los grupos minoritarios neoyorquinos para construir un muro y dividir la ciudad en una Nueva York del Norte y una Nueva York del Sur fue descartada, y los delegados regresaron a Times Square.

Cuando Giuliano y Rómulo supieron cómo la Policía y la Guardia Nacional reaccionaron contra la manifestación improvisada, se felicitaron por su previsión y prudencia. Ellos habían solicitado y obtenido permiso de las autoridades municipales para la batalla. Viendo que la calle estaba despejada de cadáveres, decidieron reiniciar la contienda en quince minutos. Pocos momentos después cesaron los disparos en Times Square, señal de que la insurrección espontánea había sido controlada por la Policía y la Guardia Nacional. Y una vez más comenzó la batalla entre la mafia de Sicilia y la mafia de Nueva York: los palermitanos cargaron contra chinos y griegos, los policías retirados dispararon sus revólveres contra los de Messina; los cadetes de Catania arremetieron contra griegos e irlandeses; los de un bando disparaban sus pistolas, escopetas de caza y ametralladoras contra los del bando enemigo, que les devolvía su agresión con todo su poder de fuego. Una vez más se reinició la lucha cuerpo a cuerpo. La sangre corría por las empuñaduras de los cuchillos y las navajas, y el suelo volvió a llenarse de sangre y de cadáveres. Unos valientes con los intestinos colgando trataban de escapar, sin éxito, de su destino final; otros perseguían a sus víctimas dentro de las librerías de bestsellers, los negocios de hamburguesas y los múltiples corredores de Macy's. Aristóteles volvió a pasearse con su libro en la mano por entre la multitud combatiente, incólume a las balas. Ya era de noche, y la luz artificial hacía más patéticas e irreales las escenas de sangre, transformando el campo de batalla en un gigantesco teatro.

Durante el alto al fuego, aparentemente, muchos de los empleados de oficina que trabajaban los días de semana en los edificios del área y tenían acceso a estos, habían logrado filtrarse entre los mafiosos que limpiaban la zona de cadáveres y subieron a los pisos más altos de los rascacielos. Desde allí, una vez reiniciada la batalla, armados de largavistas, observaban la lucha y gozaban de la acción bélica. Eran espectadores providenciales de la historia de Nueva York, que alguna vez contarían a sus nietos, con el orgullo de haber sido los privilegiados testigos. Giuliano confiaba plenamente en su éxito. La moral de sus guerreros era inmejorable. Sabían que habían infligido al enemigo una cantidad mayor de bajas que la que ellos habían sufrido. El combate se había prolongado ya por largas horas y, a pesar del cansancio, la devoción y la fidelidad a su jefe máximo les impedía cejar en su denodada lucha. Giuliano recorría el campo en hombros de sus piciotti, seguido por los hombres que portaban las pajareras e introducían los canarios vivos en la boca abierta de los enemigos moribundos.

A las diez de la noche, cuando aún faltaban dos horas para que terminara la batalla, según el permiso extendido por el señor Intendente Municipal Gee H. Thompson, los hombres de Giuliano ya habían dado cuenta de por lo menos otros 5.000 mercenarios americanos. Giuliano, para humillar a su rival, mandó a un emisario, proponiéndole a Rómulo Galante que se rindiera incondicionalmente; de lo contrario, no tomaría prisioneros, y pasaría a cuchillo hasta el último de sus hombres. Galante no se inmutó y respondió que estaba dispuesto a luchar hasta el fin. A las once otros 5.000, entre mercenarios e italo-americanos, habían caído; el enemigo estaba diezmado; los soldados de Giuliano ya gritaban a voz de cuello la victoria, y los mercenarios de Rómulo que quedaban, viendo que no podían ganar y que, de continuar allí, perderían la vida, empezaron a retirarse disimuladamente del campo de batalla. Caminaron hacia las calles que lo delimitaban y cruzaron el cordón policial-militar (que se había restablecido, después que los representantes del orden dispersaron con palos, tiros y gases lacrimógenos a los manifestantes de Times Square) para ponerse a salvo. Poco después, los mercenarios que quedaban en el campo abandonaron la lucha y huyeron precipitadamente, presos del pánico, perseguidos de cerca por los sicilianos vencedores. Sólo los ítalo-americanos resistían, luchando alrededor de Rómulo Galante y sus piciotti, para protegerlos, pero fueron desbaratados fácilmente por los hombres de Giuliano; unos pocos se escabulleron y los que no, recibieron su canario y quedaron allí con la boca abierta.

Finalmente, a las once y media, los únicos que continuaban luchando eran los Galante, algunos capo-maffiosi y padrini y una centena de piciotti italoamericanos; Giuliano los intimó una vez más a que depusieran sus armas. Rómulo Galante, su hijo Johnny y su hermano Castaldo Richard, viendo la inutilidad del esfuerzo, ordenaron bajar las armas. No se escucharon más disparos y los hombres de Giuliano Pomponio estallaron en un clamor de victoria. Aristóteles se acercó a Giuliano y le pidió por la vida de Rómulo Galante, los otros miembros de su familia, las capo-maffiosi del Estado Mayor del ejército de Galante y sus piciotti, pero cuando Giuliano se enteró que había perdido en la batalla otros 5.000 hombres y que los sicilianos muertos ascendían a unos 20.000, le dio tanta rabia, que negó el pedido de misericordia a su maestro y consejero, y ordenó a sus piciotti que pasaran a los Galante y a todos sus lugartenientes a cuchillo. Armados de navaja, sus piciotti los fueron degollando uno a uno; se escucharon ayes de dolor pero ninguno de los vencidos pidió por su vida: murieron como mafiosos, en su ley y mantuvieron limpio el honor hasta el último momento. Luego, Giuliano mandó a sus hombres que remataran a los heridos que habían quedado desangrándose en el campo de batalla, porque no deseaba tomar prisioneros ni quería llenar con heridos los hospitales, y les pidió que procedieran a despejar el teatro de la lucha.

Cuando a las doce de la noche la Policía sonó sus silbatos, avisando que "la demostración pacífica" había terminado, y avanzaron hacia el campo de batalla, encontraron la calle ordenada; las sicilianos muertos habían sido amontonados en la plazoleta norte de Herald Square y las soldados del desaparecido Rómulo en la plazoleta sur, en la intersección de la Avenida 6ta. y Broadway. La sangre fresca aún corría por las alcantarillas, había 50.000 cadáveres: 20.000 sicilianos del ejército de Giuliano y 30.000 del ejército de Rómulo, muchos de estos últimos con el correspondiente canario en la boca. Los hombres de Giuliano estaban cargando las armas en los camiones y se arreglaban los uniformes ensangrentados y raídos, procurando mantener la elegancia. Giuliano les ordenó que barrieran el campo de batalla y levantaran los papeles del suelo, y sus hombres se apresuraron a obedecer.

El Jefe de la Policía y un Capitán de la Guardia Nacional relevaron el área de los sucesos; Giuliano se disculpó por las roturas de las vidrieras y el desorden causado en algunos de los negocios, y se comprometió a pagar hasta el último dólar por los daños. El abogado Giuseppe Mastrogiusseppe, representante legal de Giuliano, se apersonó en el lugar y, después de felicitar a su cliente por la victoria, tranquilizó al Jefe de la Policía, asegurándole que el Sr. Pomponio se responsabilizaba por todos los destrozos involuntarios. Poco después, a las doce y veinte de la madrugada, se hizo presente el Señor Intendente Municipal Gee H. Thompson en su limousine y abrazó al vencedor, augurándole un promisorio futuro. Dijo que el Gobierno de la ciudad siempre había mantenido relaciones fraternales con la Maffia neoyorquina, unidos como estaban por intereses comunes. Cada uno había respetado la esfera de influencia del otro: el gobierno, las operaciones financiero comerciales de la Maffia, y la Omertà, las actividades estrictamente políticas del Gobierno de la ciudad. El Intendente se comprometió a distribuir los cadáveres en las morgues locales hasta que se dispusieran las exequias, para no alarmar a la opinión pública.

Giuliano cargó a sus hombres y soldados en los mismos camiones que habían transportado a los soldados de Rómulo a Herald Square, y la caravana bajó por Broadway al sur. A esa hora se veían pocos transeúntes. Doblaron por la calle Chambers y entraron en el Puente de Brooklyn. A pesar del cansancio, pudieron gozar de la visión nocturna de las luces de Wall Street y de Manhattan, cuyos rascacielos formaban una sola pared escalonada contra el fondo estrellado de la noche. Al llegar a Villa Olímpica recibieron una agradable sorpresa: los guardias que antes custodiaban el perímetro del campo ya no estaban y unos obreros quitaban en esos momentos las alambradas. Los sicilianos, agotados por el esfuerzo de la batalla, se dirigieron a sus casas y cayeron rendidos en los lechos, abrazados a sus amantes. Aquellos que habían perdido al amado en la contienda y no querían que la inmensidad del dolor los arrastrara al suicidio, se abrazaron a algún otro compañero, sustituyendo en muchos casos con ventaja la pérdida, e imperturbables en su moral y en sus costumbres, se acogieron al merecido sueño.

Al día siguiente no se levantaron hasta bien entrada la mañana y, luego de un baño purificador, salieron a las calles de Villa Olímpica para comentar los pormenores de la batalla del día anterior y escuchar los relatos de muchos hechos heroicos que habían acaecido en la lucha. A mediodía se hizo presente en la Villa Giuseppe Mastrogiusseppe (que, considerando la importancia de su victorioso cliente, ya no delegaba el cuidado de sus asuntos legales en ninguno de los otros abogados de su Estudio) y dijo a Giuliano que había conseguido se les reconocieran sus derechos civiles: la Oficina de Inmigraciones les había otorgado la Residencia Temporal por nueve meses, extensible a Residencia Permanente, si Giuliano podía demostrar que tenía suficiente capital como para hacer inversiones importantes en la economía local y proveer trabajo para él y sus hombres. Le mostró los periódicos de la mañana del lunes: no decían una palabra de la batalla; comentaban que la comunidad italoamericana de Nueva York, junto a otros inmigrantes de Sicilia, habían hecho una manifestación pacífica en Herald Square en celebración del cumpleaños de Garibaldi. La policía había acordonado el área para impedir que hubiera disturbios, y proteger a los manifestantes contra grupos fascistas enemigos de los inmigrantes y las minorías étnicas. No obstante, se habían producido algunos incidentes en Times Square, rápidamente controlados por la policía, cuando grupos de simpatizantes se enfrentaron con grupos opositores. El *New York Times*, el *New York Post* y el *Daily News* coincidían en su información, que seguramente había sido elaborada por los corresponsales de la Oficina del Intendente y la Policía local, dado lo delicado de la situación.

Mastrogiusseppe dijo a Giuliano Pomponio que debían organizar las exequias de sus hombres. Le preguntó qué harían con los enemigos muertos. Los familiares, si los tenían, no se harían cargo de los gastos del entierro. Como vencedores ellos eran los responsables de todos los gastos que ocasionara la batalla. El Intendente le había dicho que cobraría 19,90 por cada día que cada cadáver permaneciera en la morgue. Mastrogiusseppe sugirió que algunos de los cadáveres del enemigo fuesen regalados a las universidades de medicina del área, que siempre necesitaban cuerpos para sus investigaciones (estas no tomarían más de 1.000), y que los otros fuesen cremados. Lo más barato era depositar las cenizas en una fosa común de un cementerio alejado; no hacia falta identificarlos individualmente, pasados varios días los deudos los declararían desaparecidos en "circunstancias misteriosas" y cobrarían el seguro de vida. Así dispusieron que, luego de cremarlos, enterrarían las cenizas de los hombres de Galante, en un cementerio del Sur del Bronx; a los miembros de la familia Galante y a sus capo-maffiossi, en cambio, les rendirían los honores debidos y los enterrarían en la bóveda de la familia Galante en el Cementerio de Greenwood, en Brooklyn. A los 20.000 héroes sicilianos muertos en batalla los sepultarían en cajones individuales en el Cementerio de New Calvary, en Queens; para su velatorio alquilarían el Yankee Stadium, un gigantesco estadio de béisbol en el Bronx, y contratarían en Little Italy a 20.000 lloronas profesionales que, junto con sus doloridos compañeros de lucha, serían un coro adecuado para llorar a los héroes de Palermo, de Messina, de Catania y de toda Sicilia caídos en la lucha. Descansarían estos finalmente en un mismo sector del cementerio, al que llamarían "El prado de la Magna Grecia", cuya compra ya había acordado Mastrogiusseppe a un precio realmente razonable.

Aristóteles preguntó cómo transportarían a los muertos del estadio al cementerio y Mastrogiusseppe respondió que en camiones cubiertos, a lo que Aristóteles se opuso terminantemente, puesto que hacer el viaje final en camión no era algo digno para los héroes y exigió que los llevaran en carrozas fúnebres tiradas por caballos negros. Mastrogiusseppe adujo la diferencia de precio y explicó que, a cuatro cajones por carroza, harían falta 5.000 carrozas para transportar a los héroes en su último viaje y sería difícil conseguir esa cantidad. Además, se necesitarían 8.000 coches de plaza para llevarlos a ellos, sus deudos, al cementerio. Giuliano Pomponio, totalmente de acuerdo con su maestro, ordenó que se consiguieran tantas carrozas fúnebres como fuera posible, y los que no pudieran ser llevados en carrozas serían transportados respetuosamente en camiones. Aristóteles pidió a Mastrogiusseppe que consiguiera un coro para cantar una misa solemne por las almas de los difuntos, pero el abogado le respondió que eso ya no se usaba más en el Nuevo Mundo, la última moda era contratar orquestas de negros, que cantaban "spirituals" y "blues". Le dijo que iría a Harlem y contrataría 200 músicos, para tener una orquesta cuya magnitud y calidad musical se equiparara a la gloria de los sicilianos de Giuliano Pomponio.

Tanto Giuliano como Aristóteles quedaron satisfechos y esa tarde los 30.000 sicilianos impecablemente vestidos de negro (Mastrogiusseppe había alquilado trajes de luto a la empresa Bercowitz y Cía.) fueron transportados en 10.000 Ford T, gentileza de la Compañía Funeraria Thompson Incorporated, que estaba a cargo de los funerales (gracias a una oportuna rebaja del 10%), al Yankee Stadium para las grandiosas exequias. Al llegar al estadio encontraron que los 20.000 féretros ya habían sido distribuidos en el campo de juego. Los habían apoyado sobre caballetes. Unos 5.000, que ocupaban la parte central, estaban descubiertos; los muertos tenían maquillado cuidadosamente el rostro y vestían la ropa que les correspondía según su regimiento: traje negro, gris, marrón, mangas de camisa o trajes regionales. Las heridas habían sido cuidadosamente obturadas para que no sangraran y estaban impecables. Los otros 15.000 féretros estaban cerrados y contenían aquellos cadáveres que habían sido severamente mutilados en la lucha, o cuyas heridas eran tales que no podía contenerse la hemorragia, o que tenían el rostro deformado o habían recibido en el mismo la herida fatal (los siciliano-americanos y los mercenarios tampoco tomaron prisioneros y remataron a los heridos, algunos de los cuales estaban acribillados a cuchilladas o balazos).

Los 30.000 compañeros de combate se distribuyeron por el campo de juego, rodeando los féretros; a las siete de la tarde, cuando oscurecía, llegaron las 20.000 lloronas de Little Italy; como en el campo ya no quedaba espacio suficiente para vivos y muertos, una parte de los cadetes ocupó las gradas bajas del estadio e hicieron lugar a las lloronas junto a los féretros. Encendieron un tercio de las luces del estadio, dejando el campo en una penumbra agradable, que se adaptaba a la situación. La funeraria a cargo de las exequias distribuyó grandes velas, sobre bases de metal, entre los féretros. El Hotel Plaza tuvo a su cargo el servicio de bebidas y platos fríos durante el velatorio; estacionaron en la puerta del estadio 50 camiones con comida y trajeron 3.000 camareros para servir a la concurrencia.

Giuliano encargó 20.000 coronas, una por cada muerto, y colocaron algunas frente a los féretros y otras sobre las gradas del estadio de la décima fila hacia arriba, para no obstaculizar el paso entre los ataúdes, y evitar que el fuerte olor de las flores incomodara a los deudos. Recibieron además coronas del Intendente Thompson; del Jefe de Policía, Richard Corlucci; de los deudos de la familia Galante; de Al Capone; de Robert Gallino, Jefe de Policía de Detroit; de John Cock, Jefe de la División de Drogas y Estupefacientes, Departamento Central de Policía, Nueva York; de Mary Hannover, Servicio de Rehabilitación de Menores, Nueva Jersey; de Lisa Sawisky, Corporación de Fabricantes de Pasta; del restaurante Old Palermo; de Adolf Greenbach, Presidente del Partido Nazi de América; del Senador Republicano William Silocona; del Jefe de la Comisión de Irregularidades Impositivas de la Cámara de Diputados, Demócrata Danny Corleone Goldberg; de la Asociación de Vecinos de Little Italy; del Director del *Daily News*, Jesse Murdoch; del director de cine Cecil B. de Mille; de la Comisión de Farándulas del Bajo Manhattan; de la Comisión de Espectáculos de Harlem; de la Comisión del Desfile Puertorriqueño, El Barrio; del Secretario del *Literary Review* del *New York Times*; del Secretario de la Jonathan Swift Foundation; del productor de cine Dino de Laurenti; de la Juventud Fascista de América, y de muchas personalidades prominentes representativas de entidades gubernamentales, filantrópicas y culturales diversas. En el centro del estadio Giuliano hizo colocar (aconsejado por Aristóteles) una cruz de cinco metros de alto, cubierta de flores verdes, rojas y blancas; sobre sus brazos se leía la leyenda: "La Asociación Internacional de Defensa de la Tradición Siciliana a sus Hijos Dilectos, Q.E.P.D., 15 de septiembre de 1929".

Los diarios de la tarde hablaban del "Velatorio masivo de inmigrantes muertos a consecuencia de una epidemia ocurrida en alta mar" y explicaban que en un primer momento los médicos de a bordo habían creído que se trataba de fiebre tifoidea y dieron a los enfermos la medicación necesaria para combatirla, pero luego se comprobó que era botulismo contraído a consecuencia de la ingestión de pescado en conserva; las limitaciones de las enfermerías de los barcos y la confusión en la interpretación de los síntomas habían hecho irreversible el progreso de la enfermedad y causaron la gran pérdida de vidas humanas que todos lamentaban. La Sociedad Italiana de Socorros Mutuos, afirmaban, se había hecho cargo de las exequias conjuntas, para lo cual había alquilado el Yankee Stadium.

La verdad sobre los sucesos, lógicamente, había pasado de boca en boca, necesariamente deformada por el bajo número de testigos de la batalla (que se limitaba a los que habían observado la lucha desde los edificios vecinos). Esto contribuyó a que se crearan diversas versiones de los hechos, que enriquecieron el mundo de la literatura y tergiversaron la verdad histórica.

Muchos vecinos curiosos del Bronx se acercaron al Estadio y, al encontrar las puertas abiertas, entraron y subieron a las gradas. A las nueve de la noche llegó de Harlem la orquesta de 200 músicos negros. Se ubicaron en un sector de la platea. La dirigía un músico joven, un tal Duke Ellington; la sección de vientos, integrada por trompetas, trombones y saxofones, era liderada por su primera trompeta, un señor de Nueva Orleans muy feo y bajito, llamado Luis Armstrong; la sección de ritmos tenía tambores y dos baterías, a cargo de Cozy Cole y Jo Jones; la de cuerdas estaba formada por guitarras, contrabajos y dos pianos, uno tocado por un hombre negro corpulento, que vino de relleno, llamado Count Basie, y otro por el mismo director de la orquesta, Duke

Ellington; traían además una cantante, una mujer muy gorda, Bethsie Smith. Una vez que los músicos estuvieron listos, Giuliano levantó la mano, dando por comenzada la patética ceremonia. La monumental banda comenzó a tocar blues y negros spirituals; la mujer obesa cantaba con un registro de voz grave y dolorido; así se sucedieron "How Long Blues", "Nobody Knows", "Way Back Blues", "Someday You'll Be Sorry","Way Down Yonder in New Orleans", "Harlem Speaks" y muchas otras melancólicas melodías.

Era la primera vez que los sicilianos escuchaban esas piezas y, a pesar que no entendían el inglés, tuvieron sobre ellos un efecto inmediato. Sin poder contener las lágrimas, se abrazaron y empezaron a llorar. Cada pieza duraba entre tres y cinco minutos. La orquesta dejaba un intervalo de unos tres minutos entre canciones, en el cual atacaban las lloronas profesionales, que chillaban, lanzaban gemidos y, como poseídas, se golpeaban el pecho y se tiraban de los cabellos. Emergía del estadio un coro de desaforados lamentos. Giuliano estaba en el centro del campo de juego, de pie junto a la cruz; lo acompañaba Aristóteles, que vestía una larga túnica blanca y se había dejado el cabello blanco suelto sobre los hombros.

A los cientos de vecinos y de curiosos que habían entrado al estadio antes de que la orquesta empezara a tocar, les siguieron, una vez comenzada la música, muchos más; el Yankee Stadium tenía capacidad para 57.000 personas sentadas, pero a la medianoche llenaban las gradas unas 90.000; se sentaban unos en las faldas de otros y se acomodaban como podían en los pasillos: venían de Harlem, de El Barrio, de South Bronx y de otras zonas aledañas al Yankee Stadium; eran negros, hispanos, italianos, árabes y anglosajones pobres. Los Administradores del estadio, temerosos de que se derrumbara alguna de las tribunas, prohibieron que entrara más gente. Afuera del estadio se reunieron más de 200.000 personas; habían ido con viandas y mantas, dispuestas a pasar la noche bajo las estrellas, escuchando blues y negros spirituals. La orquesta de Duke Ellington y la voz dolorida de Bethsie Smith eran una combinación irresistible.

A las doce y media de la noche el público pidió que las lloronas dejaran de hacer su trabajo entre pieza y pieza y Giuliano, sensible a la voluntad popular, dio orden de que se callaran; a partir de ese instante y hasta las cinco de la mañana, la orquesta tocó ininterrumpidamente. En un momento, tal vez el más alto de la noche, el trompetista Luis Armstrong se unió a Bethsie en un dúo, cantando "So Black and Blue". Los camareros no cesaban en su labor, distribuyendo bebidas y platos fríos: licor de menta, amaretto, sambuca romana, granadina, birra siciliana, vino rosso, confitti, gelatti, salami, mortadella, provolone, pizza, pizzeta, milanesa, calzone, anisetti, torta de ricota, zompone, sales digestivas para los indispuestos y café expreso para todos. Iban y venían entre los féretros portando grandes bandejas, consolando a los compañeros de los caídos y a las lloronas. Aristóteles mandó que distribuyeran la comida que quedaba entre la gente de las gradas.

A las cinco de la madrugada Giuliano pidió a Duke Ellington que hiciera descansar a sus músicos, ya que a la mañana siguiente tocarían durante la marcha al cementerio, y ordenó a las lloronas que tomaran su turno. Luego él, Aristóteles, los capomaffiossi de Messina, Catania y Agrigento y varios piciotti se trasladaron a Brooklyn, al Greenwood Cemetery, donde, en ceremonia privada, a las seis de la mañana, fueron enterrados los caídos de la familia Galante. En el lugar estaban las esposas e hijos menores de las víctimas, a los que Giuliano les dio su más sentido pésame. A las ocho ya estaban de regreso en el Yankee Stadium; las lloronas, tirándose de los cabellos y dando gritos, continuaban su trabajo como profesionales que eran. Giuseppe Mastrogiusseppe dijo a Giuliano que la Municipalidad de la ciudad había autorizado que el cortejo fúnebre pasara por la 2da. Avenida de Manhattan en dirección al New Calvary Cemetery, en Queens.

A las nueve de la mañana cerraron los ataúdes descubiertos; a las nueve y media llegaron 1.000 carrozas fúnebres, cada una tirada por seis esbeltos caballos negros. El Director de la Funeraria aseguró que había hecho aplicar enemas a los caballos para evitar espectáculos desagradables. A las 1.000 carrozas fúnebres les seguían 4.000 chatas de carga que habían sido forradas de paño negro e iban tiradas por cuatro caballos cada una; a continuación una fila de 8.000 coches de plaza también negros, tirados por esbeltos animales del mismo color, para transportar a los sicilianos y sus simpatizantes. Los músicos fueron ubicados en diez chatas con amplia plataforma; Giuliano creyó que la orquesta debía preceder el cortejo, pero Aristóteles objetó que en ese caso ellos no podrían escuchar la música, pues las carrozas y las chatas con los ataúdes irían adelante. La ubicaron entre las chatas disfrazadas de carrozas y los coches de plaza que llevaban a los deudos.

A las diez y media de la mañana la columna empezó a moverse; los carruajes tomaron por el Grand Concourse y, cruzando el Harlem River por el puente de la calle 145, entraron en Manhattan. Bajaron por la avenida Lenox, atravesando el barrio de Harlem; en la intersección de Lenox y la calle 125 la gigantesca banda de música tuvo que detenerse a entretener a la concurrencia, que se había agolpado para ver pasar el cortejo fúnebre y arrojaba a su paso claveles rojos, verdes y blancos. Allí Duke Ellington interpretó con su orquesta una pieza creada para la ocasión, "Caravan", y luego "Harlem Speaks", "I got Rhythm", "Foolin Myself' y "I Cried for You". La caravana avanzó por la 125 hasta la 2da. Avenida; a las dos de la tarde las carrozas del frente, que iban en una fila de cuatro carruajes, ocupando todo el ancho de la Avenida, llegaron a la calle 86 y los últimos coches con los deudos aún no habían salido de las inmediaciones del Yankee Stadium; jamás la ciudad había visto un cortejo fúnebre tan magnífico. Los comerciantes de la 2da. Avenida bajaron las persianas de sus negocios (no por miedo a que les rompieran las vidrieras, sino por respeto a los muertos); las escuelas del área dieron asueto a los niños que, con sus guardapolvos blancos, inundaban de pureza las aceras. Diversas agrupaciones y colectividades se agruparon a ver pasar el cortejo: el Partido Fascista Americano, la Liga Patriótica Republicana, la Asociación de Fideeros y Hueveros, los Vecinos de Little Italy, la Familia Friulana, la Familia Napolitana, la Liga de la Decencia, la Arquidiócesis de Nueva York, la Familia Cristiana, el Sindicato de Trabajadores de Casinos y muchos otros.

La policía acordonó el camino por donde pasaba el cortejo para evitar disturbios y desvió el tránsito de la zona, permitiendo que circulara sin inconvenientes. A las tres y media las carrozas del frente estaban cruzando el Queensborough Bridge; entraron en Queens Boulevard y a las cinco de la tarde llegaron al "Prado de la Magna Grecia". Era este un perímetro de un kilómetro de lado, adquirido por Mastrogiusseppe para la Asociación de Defensa de la Tradición Siciliana, que ocupaba el ala derecha del cementerio de New Calvary. Los enterradores aguardaban, pala en mano, junto a las 20.000 tumbas abiertas. Allí la comitiva tuvo que esperar hasta las siete de la tarde para que todos los deudos estuvieran presentes.

Mientras la Banda de Duke Ellington tocaba negros spirituals, los nuevos espartanos fueron bajando de las carrozas fúnebres y las chatas de carga, acondicionadas para la ocasión, los féretros de sus compañeros de lucha, y los llevaron al borde de los sepulcros. En el centro del "Prado de la Magna Grecia" habían colocado una cruz de unos tres metros de alto sobre un montículo de tierra y, cuando vieron que todos los enterradores, a razón de dos por tumba, estaban ya listos para bajar los féretros a su última morada, Aristóteles fue hacia la cruz y, subiéndose al montículo, dirigió desde allí el responso final de despedida a los sicilianos sacrificados. El viento agitaba su túnica blanca y su larga cabellera; levantando en una mano el tomo de la *Summa Theologiae* que siempre llevaba consigo y sosteniendo con la otra una bocina, recitó de memoria dos páginas enteras en latín. Al oír la lengua imperial todos se arrodillaron e inclinaron la cabeza. Luego, Aristóteles bajó del montículo, caminó hacia donde estaba el cura, que levantaba en su mano el hisopo, dispuesto a dar la bendición, y se lo quitó. Volvió a subirse al montículo y se abrazó a la cruz. Agitando el hisopo él mismo, bendijo a los compañeros muertos y ordenó que bajaran los féretros. Una vez dadas las primeras paladas simbólicas, dejaron que los enterradores siguieran la labor y se dispusieron a regresar a Villa Olímpica. A la salida del cementerio los esperaban en fila los 8.000 Ford T, provistos por la empresa funeraria, para llevarlos, por la carretera Queens-Brooklyn, hacia sus casas. Esa ceremonia final había dado por concluida la campaña de Herald Square. Con decisión, con coraje, con valor, con espíritu americano, estaban conquistando América.

La semana siguiente, Giuliano Pomponio, acompañado de Aristóteles y su consejero legal Giuseppe Mastrogiusseppe, estableció su Cuartel General en un edificio de la 8va. Avenida y la calle 42, en Manhattan, en el que alquiló e hizo remodelar un piso entero de dieciséis oficinas para él y sus piciotti. Compró luego una vieja casona en Montague Street, en Brooklyn Heights, para usarla como residencia personal, y se fue a vivir en ella junto a su sabio consejero Aristóteles. Desde allí podía ver y dominar el perfil escalonado de los rascacielos de Wall Street, en la isla de Manhattan, y el bello Brooklyn Bridge, por el que habían cruzado triunfalmente para dar la batalla que los llevó a la victoria. Diariamente viajaba a su bunker de la calle 42 y allí trabajó por varias semanas, asistido por su Estado Mayor, para iniciar la reforma de la Maffia.

La reforma de la Maffia (a la que podemos llamar la Reforma) requirió un esfuerzo considerable y, si el motor material de la misma fue Giuliano Pomponio, acompañado por su indispensable mecánico, el consejero legal Giuseppe Mastrogiusseppe, el motor espiritual fue Aristóteles, cuyas excentricidades eran cada vez más notorias. Gracias a la victoria total que había alcanzado Giuliano en la Guerra Civil contra la Maffia neoyorkina, la Reforma no encontró oposición interna alguna. No podemos considerarla Revolución, porque se basó en las creencias tradicionales que habían guiado siempre a la organización, pero llevó a cabo una importante ampliación y radicalización de sus métodos de trabajo. La Reforma se realizó en los tres campos económico políticos controlados por la institución: la prostitución, las drogas y el juego. Su principal innovación fue la adopción de los nuevos sistemas de mercado del capitalismo avanzado observados en Norteamérica para sus propios fines. Utilizaron las comunicaciones y la prensa de difusión masiva, así como el aparato legal vigente, para consolidar sus industrias, estabilizar sus ingresos y establecerse en el mercado, planificando la comercialización de los rubros que controlaban según la demanda a corto y a largo plazo.

Para reformar la prostitución procedieron de la siguiente manera: primero, contrataron a la empresa "Shribner, Scribner y Botafogo, Inc." para hacer un estudio de la situación del mercado. Debían analizar la prostitución semi legal y la ilegal y subterránea, presentando descripción estadística de la cantidad de locales, condiciones de trabajo, ingresos, relación con el gobierno, etc. Aristóteles formó luego un equipo de investigación para estudiar los "Métodos y procedimientos del amor", integrado por dos estudiantes de sociología de New York University, un policía retirado de la sección "Prostitución y Drogas" del Departamento Central de Policía, una monja de la Congregación Marymount, un ex-enfermo mental de Cabrini Hospital, un psicoanalista anti freudiano y una estudiante de filosofía de Columbia University y prostituta part-time.

El equipo de investigación buscó una bibliografía selecta sobre el tema (Aristóteles aprovechó la oportunidad para tomar clases de inglés de la estudiante de filosofía; ya podía leerlo bien, pero su pronunciación era deformada y torpe). Una vez obtenida la bibliografía básica, dividieron el material en dos grupos: uno con todos los libros que informaban sobre la historia de la prostitución en Nueva York, y el otro con los libros teóricos sobre el arte de amar de distintas épocas y culturas. El policía, el ex-enfermo mental y la estudiante de filosofía se dedicaron a la parte histórica, sobre la que redactaron un valioso informe; la monja, el psicoanalista, los estudiantes de sociología y el mismo Aristóteles, investigaron la parte teórica. Esta segunda fue la más difícil: leyeron distintos tratados orientales, entre ellos el *Kama-Sutra* y el *Harigata*, sobre el Arte de Amar; estudiaron libros de la antigüedad griega y romana, incluida la parodia que escribió Ovidio; analizaron los aportes de las civilizaciones primitivas de Sumatra y Borneo, cuidadosamente investigadas por Sir George Frazer; analizaron las ceremonias secretas de la cultura árabe y la judía; leyeron sobre cómo los europeos habían simplificado las artes amatorias, persiguiendo las desviaciones sexuales y rebajando de nivel a la prostitución profesional que, en culturas más sofisticadas y antiguas, como la japonesa, era considerada un arte exigente.

La situación en América era ramplona y deprimente: se consideraba la prostitución un oficio denigrante, propio de mujeres analfabetas pertenecientes a minorías oprimidas, como lo demostró con datos históricos y estadísticas el grupo de investigación del policía retirado. Aristóteles se propuso: primero, elevar el estatus oficial de la prostitución; segundo, estratificar la profesión en grupos, dignificándola; tercero, codificar los servicios y deberes de cada categoría y, cuarto, crear una escuela para prostitutas, donde cada una fuese instruida y capacitada en las artes del amor según su categoría.

El grupo de investigación de Aristóteles debía tratar de describir y analizar los conocimientos amatorios de las distintas culturas, compararlos con los existentes en la sociedad americana y lograr una nueva síntesis, que integrara lo mejor de los viejos métodos y técnicas a las costumbres y prácticas sexuales del Nuevo Mundo. Esta labor, difícil y comprometida, dio lugar a acalorados debates, que me es imposible transcribir en su totalidad, puesto que eran lo suficientemente extensos como para cubrir una parte considerable de la historia de la prostitución, historia por otro lado interminable.

Referiré un breve momento de uno de estos debates para dar a mi lector una idea sobre su intensidad y seriedad intelectual. La monja argumentó, con cierto resentimiento y envidia, que parte de lo que se proponía lograr la Reforma, por ejemplo, la estratificación del oficio, ya existía; según ella, las mujeres eran todas unas putas, desde las amas de casa hasta las desgraciadas prostitutas callejeras, y la única diferencia entre unas y otras era el precio que tenían y el estatus de que disfrutaban. Los estudiantes de sociología no estuvieron de acuerdo: uno de ellos alegó que si bien las mujeres eran unas vividoras y cínicas, y usaban sus favores sexuales para obtener ventajas materiales, la moral social tendía a justificarlas y eso transformaba sus deberes sexuales en una carga, distorsionando el placer estético del acto, que había sido tan bien desarrollado por los orientales; el otro estudiante echó la culpa de eso al cristianismo y leyó un pasaje de Nietzsche contra la religión y otro contra la mujer. Luego intervino el psicoanalista y dijo que la mayoría de las prostitutas que había conocido en sus muchos años de profesión eran por lo general mujeres inteligentes pero infantiles, que odiaban a los hombres, y que Freud estaba en lo cierto cuando en su artículo, "La feminidad", aseguraba que se trataba de mujeres "fálicas" que querían apoderarse de los atributos masculinos, con los que se identificaban. Aristóteles concluyó la discusión afirmando que era sabido que las mujeres envidiaban a los hombres y viceversa, razón por la cual él se mantenía célibe y creía en la bondad de la amistad entre iguales.

Una vez terminada la etapa preliminar de investigación se dedicaron a esbozar los cambios concretos. Concibieron un sistema con varios niveles de excelencia. En el primer nivel, el más caro y sofisticado, el "internacional", trabajarían prostitutas especialmente entrenadas, en casas de citas de lujo, con baños termales y salas de masajes. Planeaban construir clubes de descanso y mini ciudades para vacaciones, a las cuales pudieran ir los hombres por varios días, recibir los servicios más deseados y realizar todas sus fantasías sexuales. Estas mujeres tendrían un alto costo, que sólo los muy ricos podrían pagar. Reclutarían jóvenes educadas, de ser posible estudiantes, y las entrenarían para cumplir con programas "a la carta". Conocerían las técnicas chinas, japonesas, italianas, suecas y las artes de amar creadas por el equipo de investigación, consistentes en 104 posiciones gimnásticas, llamadas "las artes americanas".

Estas prostitutas recibirían instrucción teórica y práctica por un año en una escuela organizada especialmente antes de comenzar a ejercer su profesión. Giuliano mandó comprar un edificio, situado en la 7ma. Avenida y la calle 27 en Manhattan, para destinarlo a este efecto. Lo denominó cómicamente "The Fashion Institute of Technology" y lo registró como escuela de modas. Además de enseñarles a dominar cualquier posición en cualquiera de esos estilos mencionados, se les daría entrenamiento en arte dramático, canto y baile. Serían seleccionadas por su belleza y juventud (ninguna podía tener más de 25 años). Una vez implementada la Reforma, salieron de esta escuela mujeres tan atractivas, que muchos clientes millonarios terminaron tomando a estas prostitutas por esposas.

El segundo nivel de prostitución estaría constituido por las casas "americanas" de citas. Las prostitutas de estas casas recibirían un curso de sólo dos meses, preferentemente práctico, en las 104 posiciones del método americano, aunque era probable que muchas de las estudiantes no pudieran realizar más de 75, ya que algunos de estos ejercicios exigían un estado atlético tal, que era imposible su ejecución por alguien que no fuera una gimnasta. A diferencia de las prostitutas del primer nivel, cuyo costo podía oscilar de 500 dólares diarios hasta varios miles, el de estas iba de 100 a 500. El cliente, al entrar en la casa, iría a un salón a escoger a su chica y, luego de ver el "programa a la carta", elegiría una combinación de posiciones según su gusto, cada una de las cuales tenía su precio fijo, para pasar después a uno de los cuartos. Las bebidas y servicios de masajes eran gratis.

Las prostitutas del primer nivel podrían ser tenidas en "exclusiva" por clientes que pagaran su tiempo completo, de uno o más días, y, de hecho, algunas de las más hermosas se transformaron en concubinas de ricos magnates, que las colmaban de regalos; las del segundo, en cambio, serían alquiladas por hora y cumplirían turnos y horario de trabajo (una vez implementada la Reforma, en las del primer nivel predominaron las bellezas exóticas, chicas de Nueva York, California, Boston y muchas europeas, especialmente francesas; las del segundo nivel pertenecían a Estados de la Unión poco iluminados, como Nueva Jersey, Illinois, Tennesse, Luisiana, Kansas y Texas, y eran, en general, típicas bellezas americanas, chicas algo insulsas, de cutis pálido, cabello claro y formas no muy abundantes).

El tercer nivel estaría constituido por las prostitutas callejeras: estas no recibirían educación formal alguna; trabajarían en combinación con hoteles de la zona, o realizarían sus servicios en autos y zaguanes, y su trabajo sexual se limitaría a cuatro o cinco servicios básicos (los preferidos por los clientes, por lo general elementales y poco imaginativos). El costo de los mismos oscilaría entre 15 y 100 dólares.

Además de esta útil tipología, que en la práctica dio maravillosos resultados, el grupo de investigación de Aristóteles, auxiliado por el grupo del policía retirado, proyectó la logística de la operación, en lo que respecta a cantidad de trabajadoras, ubicación de los sitios de trabajo, métodos de captación, empleo de los medios masivos de difusión, propaganda comercial, etc.

Una vez que Giuliano aprobó el proyecto y el Consejo Central de la Maffia, que había sido recientemente elegido, lo refrendó, y Giuseppe Mastrogiusseppe hubo dado su visto bueno sobre su procedencia legal, y el estudio financiero y contable de Simon and Shulster hubo reconocido su viabilidad económica, comenzaron a organizar su operación. Solicitaron empleadas en distintas revistas especializadas de circulación controlada, como *Screw*, *Hot Girls* y *Kamasutra,* y publicaron avisos pidiendo "modelos" de mentalidad "liberal" en los periódicos de mayor circulación de la ciudad: el *New York Post* y el *New York Times*. Prometían pingües ganancias, protección y confidencialidad.

El resultado que obtuvieron fue altamente promisorio: la primera semana recibieron 1.500.000 solicitudes de empleo. Las 300 empleadas de oficina que ocupaban el edificio recientemente adquirido en la 7ma Avenida y la calle 27, que luego sería transformado en el Fashion Institute, no daban abasto para procesar toda la correspondencia. Simon and Schulster calculó que en el área metropolitana de Nueva York vivían unos 6.000.000 de mujeres, por lo que las posibilidades económicas del proyecto, dada la respuesta obtenida, eran muy buenas. De 1.500.000 solicitantes seleccionaron 300.000, descartando a las mayores de 30 años, a las italianas, a las que tenían menos de 40 o mas de 56 kilos de peso, a las que tenían menos de 1.55 metros de altura o más de 1.75, a las que por su situación civil comprometían a la organización: monjas en ejercicio, mujeres con mas de 6 meses de embarazo y madres con más de 3 hijos.

De las 300.000, 20.000 fueron seleccionadas para el primer nivel (10.000 con dedicación exclusiva y 10.000 part-time), 100.000 para el segundo nivel, que sería sin duda el más popular, dada la sicología del consumidor americano (15.000 part-time y el resto tiempo completo) y 80.000 para el tercer nivel, el más riesgoso y sacrificado. Se dio preferencia a las que tenían más educación y experiencia, y mostraban que trabajaban por necesidad real y no por deporte, concupiscencia o el placer perverso de traicionar a los maridos.

Una vez seleccionadas las mujeres, y educadas o entrenadas según la categoría, procedieron a alquilar y acondicionar 5.000 locales en el área metropolitana y alrededores. Para esta última tarea Simon and Schulster se valió de subcontratistas. El resultado, como imaginará el lector, fue óptimo. El crack económico de Wall Street a fines de 1929, que amenazó con destruir el sistema capitalista, no hizo más que enriquecer a la corporación de Giuliano. El primer año, el renglón prostitución dio una ganancia de 900.000.000 de dólares (que fue utilizada, lógicamente, para amortizar la inversión inicial que requirió la compra del edificio del Fashion Institute, el alquiler y acondicionamiento de los 5.000 locales, y el pago de derechos y aranceles exigidos por los funcionarios públicos de la Municipalidad y la Policía).

De manera similar a como organizaron la prostitución, procedieron Giuliano y Aristóteles para organizar el negocio de la droga. Dividieron el campo de trabajo en niveles y categorías, según las posibilidades del mercado, y vieron de explotarlo en forma masiva: ya se habían imbuido del espíritu de empresa americano. Para lograr su objetivo se valieron de distintos procedimientos que describiré resumidamente: popularizaron el uso de drogas, extendiendo su consumo a las clases menos pudientes, empleando estupefacientes relativamente baratos, como anfetaminas, marihuana, solventes vasoconstrictores y alcohol puro; sobornaron a gran cantidad de médicos para que aumentaran el uso de alcaloides de alto precio, como cocaína y morfina, en los hospitales, creando dependencia en los enfermos de edad avanzada; introdujeron cantidades moderadas de droga en la goma de mascar y en los caramelos, para ir creando en los niños el hábito de su uso durante la edad escolar, y poder contarlos como clientes compulsivos cuando llegaran a la adolescencia y estuvieran listos para adquirir y consumir drogas mayores. De esta manera desarrollaron el mercado, que, en tres años, multiplicó varias veces su consumo y llegó a arrojar una ganancia neta muy superior a la prostitución. Las consecuencias sociales del uso de las drogas y su incidencia política, sin embargo, hicieron cada vez más costosas las contribuciones a la Policía y a los funcionarios del Gobierno y, en momentos de particular tensión con las autoridades, debieron entregar hasta un 70% de las ganancias a estos funcionarios.

El tercer renglón, el juego, ya estaba muy difundido y explotado y el Estado lo controlaba parcialmente; tuvieron que crear y administrar nuevos lugares de juego semisecretos, que la Policía se comprometió a no molestar, y apelaron a congresales y senadores para obtener el permiso necesario para construir y explotar casinos. La ganancia mayor se las brindó la Lotería de Palermo en Nueva York, que llegó a distribuir premios anuales de 100.000.000 de dólares y a obtener ganancias igualmente extraordinarias. Promovieron las carreras de caballos y las carreras de galgos, estas últimas previamente poco divulgadas dentro del Estado; adquirieron equipos de béisbol y de fútbol americano; promovieron los juegos étnicos locales, como la riña de gallos y la ruleta rusa, y les fracasó el proyecto de inaugurar una Plaza de Toros en el Central Park. Para apoyar e incentivar el juego compraron publicaciones periodísticas y dos cadenas de radio, en las que también se promocionaban todos sus otros servicios: caramelos para chicos "modernos", clínicas médicas "avanzadas", casas de masajes y clubes.

La Reforma, como se ve, fue considerable y transformó la vida de la ciudad, porque, si bien la prostitución, la drogadicción y el juego habían existido desde siempre y en gran parte habían estado dominados por los Galante, el monto de las operaciones era irrisorio (comparado sobre todo con el que alcanzaron después de la Reforma) y se los consideraba fenómenos sociales minoritarios y marginales, mientras que Giuliano y su consejero los transformaron en prácticas comunes, populares y democráticas.

La calidad de la vida en la ciudad disminuyó bastante; a los pocos años los problemas de drogadicción, especialmente en la juventud, se hicieron notorios; el juego fue causa de la destrucción de fortunas, vidas y carreras profesionales; los hábitos de trabajo se relajaron; el azar, más que la voluntad individual, dirigía la vida de la gente; las mujeres empezaron a hacerse notorias por lo interesadas, fáciles y aventureras (en base a esto, Aristóteles, cuya misoginia iba empeorando con el paso de los años, concibió una teoría sobre el carácter histórico de la moralidad femenina; sostuvo la idea de que ciertas sociedades habían tenido mujeres más putas que otras, y mencionaba como ejemplo de estas primeras a la sociedad romana en tiempos de Ovidio, a la francesa en tiempos de Voltaire y a la norteamericana en su propia época; no se le ocurrió pensar que su propia actividad empresarial podía ser una de las causas de la corrupción de las costumbres); los deportes tomaron prioridad saber la actividad política; la vida se hizo carnavalesca, pululaban los bufones y los reyes falsos; el asesinato y el incesto se sacaron su máscara de pudor. La gente más fácilmente intimidable optó por emigrar a los suburbios, o vivir de puertas para adentro; las escuelas públicas se transformaron en campo de reclutamiento de drogadictos, prostitutas y jóvenes criminales mercenarios.

El 5 de noviembre de 1934 Giuliano Pomponio presidió la primera Convención Oficial de la Omertà en el Madison Square Garden. Asistieron delegados de todo Estados Unidos y de Sicilia; el Intendente de la ciudad y el Gobernador del Estado enviaron dos representantes (aunque sin voto); el Presidente Roosevelt les hizo llegar un saludo cálido, que Giuliano comunicó a la entusiasmada concurrencia en el discurso inaugural; tampoco faltaron portavoces del Partido Republicano y de los congresales Demócratas, del Jefe de la Policía de Nueva York, del F.B.I., de la C.I.A., del P.N.S.A. (Partido Nacional Socialista Americano). Recibieron felicitaciones de diversos organismos y representantes extranjeros: de Leopoldo Lugones, hijo, Jefe de Policía del Gobierno Militar de la Argentina; del General Francisco Franco, Comandante de la Plaza Fuerte española de Marruecos; del Cardenal Rogio, Comisionado del Vaticano; de John Calvin, Presidente de la Sociedad de Defensa de los Derechos de la Familia, con sede en Londres; de Adolf Eichman, Profesor de Genética de la Universitat de Munich. Hasta la Sociedad Americana de Actores mandó a dos jóvenes embajadores, John Wayne y Ronald Reagan, voceros del ala ultraderechista que lideraba dicha Sociedad.

El discurso más aplaudido fue la ponencia místico-económica de Aristóteles, que habló en siciliano y en inglés (fue el único italiano que habló en inglés, en los demás discursos usaron intérpretes simultáneos). A pesar que su inglés tenía un pesado acento siciliano, resultó comprensible para toda la concurrencia americana. Dijo que los problemas económicos del mundo se debían a la creciente eliminación de la propiedad privada y al materialismo marxista, que contaminaba a la sociedad, y que la salvación estaba en la fe en Dios, la Patria y el Hogar; ellos eran, aseguró, los herederos de la Civilización Occidental y Cristiana. Todos aplaudieron cada frase de su discurso, que repetía dos veces, primero en siciliano y luego en inglés, por lo que los aplausos salían sucesivamente de sectores distintos del auditorio, creando un interesante contrapunto. Para concluir hizo una cita del libro del Canciller de Alemania, *Mein Kampf,* que incitaba a la lucha heroica en defensa de la tradición y la moral. También pronunció un discurso laudatorio Alfonso (Al) Capone, capo-maffia de Chicago, que poco después caería en desgracia. La

Convención del Madison Square Garden culminó con un voto formal de aprobación de los estatutos de la Asociación Internacional de Defensa de la Tradición Siciliana, de la cual Giuliano Pomponio fue nombrado por unanimidad Presidente Vitalicio y Aristóteles Fascioso Secretario General.

Para los sicilianos de la Armada Gloriosa, que había invadido y conquistado Nueva York, todos esos fueron años felices. Como vencedores, les correspondió la mejor parte del botín. Los pisciotti y jefes de Giuliano pasaron a ocupar importantes puestos en la reorganización de la Mafia. Giuliano los nombró administradores de sus prostíbulos, de sus clubes suburbanos, de los cruceros de placer, de sus casas de baños y masajes, de sus institutos de la salud. Supervisaron los deportes, la lotería y los juegos de azar oficiales y extraoficiales. Participaron en la Comisión de Control de Drogas y Estupefacientes de la ciudad de Nueva York, e ingresaron en el directorio de diversas compañías farmacéuticas.

Los 30.000 sicilianos que sobrevivieron a la batalla de Herald Square se fueron adaptando a la vida americana. Consiguieron una posición económica sólida. Después de cierto tiempo dejaron Villa Olímpica, que se volvió un barrio judío-negro (aunque conservó su nombre) y compraron casas en distintas áreas de la ciudad. Algunos, queriendo mostrar su estatus de nuevos ricos, adquirieron propiedades en las zonas residenciales de Brooklyn Heights y Park Slope, en Brooklyn, y en el Upper East Side y Gramercy Park, en Manhattan, pero la gran mayoría, nostálgicos de su tierra y de la mamma, se asentaron en Little Italy, el colorido barrio italiano, con sus fiestas de San Genaro, sus calles llenas de olor a fritura, y sus coloridas pizzerías y restaurantes.

Unos pocos, presionados por la moral familiar ancestral que habían aprendido en su infancia y ablandados por la molicie ciudadana, modificaron sus hábitos homosexuales y se casaron, dando lugar a pandillas de chicos bilingües siciliano-inglés, de cabello rojizo y electrizado, que hablaban con un acento espeso y conservaban los ademanes frondosos de sus padres. La mayor parte de ellos, sin embargo, no dejó a sus amantes y, en forma pública o privada, siguieron llevando su vida de heroicos pederastas. Alquilaron o compraron pequeños departamentos en un viejo barrio de Manhattan, Greenwich Village, en el sector ubicado al oeste de la 7ma. Avenida, entre la calle Christopher y el Mercado de Carnes de la 14.

El área pronto se transformó en una zona eminentemente homosexual, en la cual era común ver a los hombres caminar abrazados por las calles o besándose en las esquinas. Se inauguraron bares y salones de baile para homosexuales, casas de modas con diseños exclusivos para "locas", teatros de travestis. Con el correr de los años, ese sector del barrio así conformado recibió más y más adeptos y, se hizo tan colorido y extravagante, que lo bautizaron "Nueva Sodoma". Un censo posterior, de 1950, aseguraba que mas de un 20% de la población de la ciudad estaba compuesta por homosexuales, aunque los porcentajes extraoficiales clamaban un 50%. Gracias a los importantes aportes de los descendientes de los hijos de la Magna Grecia, esta vieja práctica sexual griega se había naturalizado en el Nuevo Mundo.

La Nueva Maffia ejerció una profunda influencia en el Continente. Los hábitos milenarios de la Omertà modificaron las costumbres primitivas y bárbaras americanas. Giuliano consolidó su poder en la Asociación Internacional para la Defensa de la Tradición Siciliana, y dio a la institución un carácter corporativo e internacional. Uno de sus grandes aciertos (gracias al oportuno consejo legal de Giuseppe Mastrogiusseppe) fue modernizar la administración de las regiones mafiosas del interior del país.

Siguiendo el modelo del antiguo Derecho Romano (que había facilitado, años ha, la colonización de Europa) dio independencia administrativa a las provincias y les reconoció su derecho a nombrar sus propios representantes. Esto dio una base nominal democrática al sistema, aunque el poder político que ejercía Nueva York sobre el interior era enorme (recordemos que la victoria del ejército de Giuliano en la guerra civil había sido total, gracias a lo cual impuso su autoridad sin oposición virtual e instituyó su profunda Reforma). Giuliano se comportaba como un gobernante absoluto y tiránico, y esta manera de ejercer su mandato sería, a la larga, como verá luego el lector, la causa de su caída, porque, como lo demuestra su historia, el pueblo italiano odia a los tiranos y se ha librado por medios violentos de cada uno de ellos.

En 1935, cuando el Imperio de Giuliano ya estaba consolidado, varios piciotti del Bronx se complotaron contra él y retuvieron para sí, ocultándolo, una parte importante de los ingresos de las casas de prostitución que supervisaban. El Intendente de la Ciudad, Thompson, que no en vano se había criado en el Sur del Bronx, notó como disminuían los impuestos, imaginó el origen del problema e informó a Giuliano de la anomalía. Este, enterado de la estafa, no tardó en distribuir una veintena de canarios vivos sobre los cadáveres frescos de los irresponsables y ambiciosos sicilianos. Luego pagó sin chistar las contribuciones debidas al Señor Intendente Municipal. Los lugartenientes de los picciotti, y muchos soldados que habían estado implicados, fueron perdonados, y algunos capo-maffiossi del interior de Estados Unidos interpretaron esto erróneamente como una señal de debilidad, y aún de decadencia, por parte de Giuliano. Poco después, Al Capone, el jefe de Chicago y Ciccio Grande, el Padrino de Detroit, se rebelaron contra el poder de Giuliano y, en abierto desafío, se negaron a entregar el porcentaje correspondiente de sus ganancias a la Asociación Internacional para la Defensa de la Tradición Siciliana (A.I.D.T.S.). Capone, un hombre calvo y voluminoso, de gran coraje, era primo lejano del desaparecido Rómulo Galante y, secretamente, siempre había odiado a Giuliano Pomponio y lo consideraba un pobre carbonero fanfarrón.

Este acto equivalía a una declaración de guerra contra la dirección de Nueva York. Giuliano reunió de inmediato al Consejo Superior de capo-maffiossi y padrini locales y a los piciotti de la ciudad en una Asamblea Extraordinaria, en la Sede Central de la Asociación en la calle 42 y, democráticamente, se pusieron de acuerdo. Era necesario evitar una guerra armada, entre el poder central y los poderes regionales, que pudiera hacer peligrar la estabilidad y el futuro de la A.I.D.T.S. en Norteamérica. Mastrogiusseppe propuso solicitar al Señor Intendente Thompson, que había dejado recientemente las filas del Partido Demócrata, pasándose al Partido Republicano, que interviniera en el caso, y solicitara al Intendente de Chicago, también Republicano, su colaboración para iniciar una revisión de las planillas impositivas que Capone había remitido a la Ciudad de Chicago, al Gobierno de Illinois y al Estado Federal, durante los tres primeros meses de ese año.

La propuesta de Mastrogiusseppe dio óptimos resultados: Capone, como es lógico imaginar, evadía un alto porcentaje en el pago de sus impuestos; el Internal Revenue Service lo sometió a investigación; el Estado lo acusó y lo enjuició públicamente, en coloridas y comentadas sesiones. El juicio terminó rápidamente con el poder político del humillado Capone, que fue sentenciado a treinta años de cárcel y enviado a la Prisión de Alta Seguridad de Alcatraz a purgar su condena.

De esta manera Giuliano logró terminar magistralmente con el ambicioso y peligroso capo-maffia de Chicago, sin exponer la seguridad de su imperio y sin derramar una sola gota de sangre. Ciccio Grande, que había secundado a Al Capone en su rebelión contra el poder central, fue perdonado; Giuliano, con gran generosidad, se entrevistó con él y trató de convencerlo de su error; aparentemente, Ciccio Grande, que era original de Catania, estaba emparentado con Giuliano por parte de madre, y el Jefe Máximo le permitió permanecer en su puesto como capomaffia de Detroit. Pero el malestar en las provincias no cesó y, al año siguiente, en 1937, Detroit dio otro paso en falso: se descubrió que Ciccio Grande había creado por su cuenta, y sin consultar a Nueva York, un Sindicato paralelo en la poderosa Industria del Automotor de Detroit; este Sindicato paralelo, apelando a la delación y a calumnias, eliminó de las fábricas la oposición comunista, y planeaba ganar control del movimiento obrero promocionando dentro de este una burocracia que respondiera a los intereses de la Maffia local.

Descubierto el paso en falso de Ciccio Grande, esta vez ya como reincidente, Aristóteles aconsejó a Giuliano que aprovechara la excelente idea original de Ciccio, extendiera la creación de sindicatos paralelos anticomunistas a otros Estados y reemplazara a los directivos de la Maffia de Detroit por gente fiel a Nueva York. Así se hizo, y Ciccio Grande y sus secuaces fueron trasladados a Chicago y puestos bajo la supervisión de Dante Messina, capo-maffia de la ciudad, nombrado por la A.I.D.T.S. en reemplazo de Capone después de su caída. Más adelante Ciccio Grande reconquistó parte de su poder dentro de la organización y Giuliano, en 1939, para evitar un nuevo conflicto, lo trasladó junto a su hijo, Ciccio Chico, a Rosario, Argentina, ciudad portuaria sudamericana de gran riqueza y rápido crecimiento, donde la emigración italiana era muy numerosa, para que, lejos de Estados Unidos, pudiera dar rienda suelta a su voluntad de poder, organizando bajo su mando la Maffia local. La decisión de Giuliano no fue desacertada y Rosario, poco después, fue llamada con justicia "la Chicago argentina".

La sagacidad política de Giuliano Pomponio prometía. El podía mantener a la Maffia en la cima del poder por muchos años. Giuliano había comprendido que en América, para que la Omertà se afianzara y se estableciera como una institución permanente e imprescindible, era necesario profundizar las conquistas, americanizando más a la Maffia y maficizando la sociedad americana. Ninguna de las dos cosas era imposible y Aristóteles descubrió la clave para lograr esto: era necesario eliminar el color local y romper con los prejuicios étnicos que circunscribían las actividades de la Maffia a ciertos rubros tradicionales. Gracias a los cambios concebidos por Aristóteles, programados por el Dr. Mastrogiusseppe y ordenados por Giuliano, la A.I.D.T.S. gozó, de 1937 a 1945, de su Edad de Oro. La gran riqueza que habían logrado acumular durante esos años explotando el tráfico y consumo de drogas, la prostitución y el juego, sirvió para comprar campañas políticas e intervenir en el Gobierno: pronto la A.I.D.T.S. contó con concejales, diputados y hasta senadores simpatizantes que respondían a sus intereses.

Durante la guerra europea, que para ellos fue una bendición, las ganancias de la Maffia aumentaron considerablemente. Participaron en el tráfico de armamentos. Invirtieron grandes sumas de dinero en corporaciones industriales y en compañías financieras de Estados Unidos. El Estudio Contable Impositivo de Simon and Schulster se transformó en el representante financiero oficial de los intereses de la A.I.D.T.S. en Wall Street. Llegaron a poseer más del 51% de las acciones de varias importantes Sociedades Anónimas. Invirtieron en Bancos de Ayuda para los combatientes de la 2da. Guerra Mundial y obtuvieron pingües ganancias.

La Maffia se adaptó a los métodos modernos de producción y control de la sociedad americana, que promovían el consumo, y la sociedad americana, a su vez, empleó las prácticas que utilizaba la Maffia en los negocios para sus propios fines. Todos salieron beneficiados. Una sociedad debilitada por la drogadicción, el juego y la prostitución, era más fácil de dominar; podían culpar a los movimientos socialistas y de derechos humanos, así como también a los sindicatos de trabajadores, por la situación. Esto les daba derecho a reprimir a todos sus enemigos cuando les conviniera.

El abuso de la droga y el juego fueron creando un clima de estupidez y sopor en la población, y la prostitución, un estado de permisividad y cinismo. La gente era más sensible a cualquier tipo de propaganda, por torpe que fuese, y el sistema de educación fue perdiendo sus valores. Los dueños de la prensa y los políticos se enorgullecían en privado de tener uno de los populachos más ignorantes y atrasados del mundo. Trabajaban como bestias, no pensaban nunca y consumían obedientemente lo que los productores querían; repudiaban todas las asociaciones que estuvieran en contra de los intereses de sus patrones; no hacían más que trabajar durante la semana, y los fines de semana emborracharse e ir a los partidos de béisbol a chillar como energúmenos. El atraso mental y emocional de la población reforzó además sus prejuicios, profundizó la división racial y el odio entre blancos y negros, y aumentó el resentimiento contra otras minorías, como la china y la hispana.

Esta situación de regresión sociocultural, tan apreciada por los centros políticos y económicos del poder, generó alarma en algunos sectores. La Maffia había logrado identificar plenamente sus métodos de trabajo y sus intereses con los del Estado, y su rápido éxito despertó la envidia y el resentimiento de la Iglesia Católica. La Maffia se había transformado no sólo en un poder material infiltrado en la estructura del Estado, sino también en un poder espiritual que, en un breve lapso de tiempo, había logrado estupidizar a la población y hacerla más dócil a los designios de los voraces y patrióticos capitalistas. Pero este era un papel que la Iglesia siempre se había atribuido para sí, ¿significaba esto que la Maffia era capaz de cumplir este objetivo mejor que la Iglesia? La Iglesia se había pronunciado siempre contra la prostitución, el consumo de drogas y el juego, invocando la necesidad de dedicar la vida a respetar los mandamientos divinos, que advocaban el bien y condenaban el mal; las drogas, la prostitución y el juego, argumentaban, debilitaban a la familia cristiana, eran formas del mal. Los diversos recursos de intimidación y terror que usaba la Iglesia para obtener la sumisión de los fieles apelaban sobre todo a la fe en el más allá. Los cristianos creían en la compensación divina que tendrían en la otra vida, luego de muertos, junto a Dios. Este premio los compensaría por todos sus sufrimientos en esta vida terrena.

Los sacerdotes católicos aseguraban tener el control de la congregación de fieles en las iglesias y parroquias, y el Cardenal Primado, verticalmente, ordenaba a los sacerdotes el matiz político de sus sermones, según los arreglos entre el Vaticano y la Casa Blanca, que respondían a los intereses combinados de la teología ortodoxa y los vaivenes de la política internacional. Hubo, sin embargo, casos lamentables de conmoción social en que la Iglesia fue incapaz de usar su influencia para presionar a las bases, mostrando que, en ciertas situaciones críticas, su ideología perdía legitimidad y credibilidad. Así, en 1934, los obreros del automotor mantuvieron durante diez meses una huelga en Indianapolis: liderados por el Sindicato de los Teamsters, tomaron fábricas y batallaron con éxito contra la policía. El jefe de la huelga era un tal Farrell Dobbs, un marxista trotskista que pertenecía al Partido Socialista de los Trabajadores. Publicaron un periódico revolucionario que circulaba por todas las fábricas y sostenía que la explotación de los trabajadores no acabaría hasta que ellos mismos no tomaran el gobierno en sus manos y expropiaran a los capitalistas. Los propietarios de las fábricas llamaron a la Guardia Nacional para intimidar a los huelguistas. El temor ante la "amenaza roja" creó gran alarma en los partidos Republicano y Demócrata, y el Papa protestó indignado, acusando al gobierno de permitir la infiltración del materialismo ateo ruso en los sindicatos. Todos esperaban que la intercesión de la Iglesia, en una ciudad como Indianápolis, en la que un 50% de sus habitantes eran católicos practicantes, fuera suficiente para persuadir a los obreros de que esa huelga era una insensatez, y para hacerles entender que la violencia estaba en contra de la voluntad de Dios (que sin duda los castigaría en el más allá por ese crimen) y mostrarles que pretender tomar en sus manos la propiedad privada y el destino político de la comunidad era una soberbia insensata, ya que Dios mismo había ordenado el respeto a la propiedad.

La Iglesia, sin embargo, fue incapaz de convencer a los obreros a que abandonaran la huelga, desocuparan las fábricas, dejaran de sacar el periódico, renunciaran a la autodefensa, expulsaran a los comunistas y disolvieran el sindicato. El caso de Indianápolis fue citado como un ejemplo de la postración de la Iglesia ante el peligroso avance de los temidos movimientos sociales. La Maffia no pudo ayudar en esas circunstancias al Gobierno y a los industriales porque su poder en Indianápolis era ínfimo, pero las autoridades tomaron conciencia de que la Maffia había logrado, en los centros en los que había consolidado su poder, en solo cinco años, mediante la corrupción sistemática, lo que no había sido capaz de conseguir la Iglesia en mucho más tiempo: destruir la combatividad del incipiente movimiento obrero local. En Nueva York, los Presidentes de los Sindicatos se sentaban a la mesa a conversar con Giuliano, Aristóteles y los miembros de los Directorios de las Corporaciones más importantes. El resentimiento de la Iglesia ante su propio fracaso y la envidia por el éxito de la Maffia fue muy grande y, aunque nunca declaró una guerra frontal contra esta, puesto que los sicilianos eran muy católicos, indirectamente los Cardenales hicieron comprender a algunos políticos claves que la Omertà se estaba transformando en un Estado dentro del Estado y que, si seguía creciendo (y su poder aumentaba año a año), terminaría erosionando el fundamento moral de la nación y compitiendo con el poder del Estado.

Se dice que la Iglesia llegó a mantener una reunión secreta con Giuliano Pomponio y su consejero Aristóteles, en la cual hablaron directamente de la situación; el representante eclesiástico fue el Comisionado del Arzobispo de Nueva York, Cardenal Winston Murphy, un hombre práctico, de gran papada y rostro encarnado, que tenía aspecto de alcohólico. En esa hipotética reunión (que yo no creo haya tenido lugar) el diálogo pudo haber sido el siguiente:

- Sr. Pomponio, la Iglesia tiene su propia interpretación del término "reforma" - dijo el Cardenal, acariciándose la papada - Ud. clama haber reformado su organización de italianos en el exilio...

- Sicilianos, no italianos - corrigió Giuliano, con indignación regionalista.

... de sicilianos, si Ud. así lo quiere...y probablemente su corrección no sea desacertada ... porque, ciertamente, su organización no tendría cabida en Roma...

- No lo crea, Sr. Cardenal.

- La Iglesia está acostumbrada a relacionarse y convivir con otras instituciones...por ejemplo, con la familia y con el Estado. Con el Estado no tenemos problemas en la actualidad; tanto la Iglesia como el Estado son en sí sociedades perfectas y soberanas, la Iglesia tiene poder espiritual y el Estado temporal y material. Estas soberanías y esferas de acción no deben ni pueden confundirse: por orden de Cristo la Iglesia manda en la conciencia del rebaño y el Estado en lo exterior de la persona.

- Yo no pienso que lo interno y lo externo en el hombre estén separados - terció Aristóteles, incentivado por el carácter doctrinal que iba adquiriendo la conversación - no se puede concebir una sociedad de solo conciencias y otra de hombres sin conciencia.

- De acuerdo - aceptó Monseñor Murphy, irritado - pero el Estado solo se ocupa del orden natural, mientras que la Iglesia cuida el orden sobrenatural. Los Antiguos Padres siempre reconocieron el primado de la Iglesia sobre cualquier otra institución de carácter temporal, como lo testimonian los juicios vertidos por San Ignacio, San Policarpio y San Ireneo.

- Es cierto - admitió Aristóteles, rindiéndose ante la evidencia - también lo afirman Tertuliano, San Hipólito, Orígenes, Dionisio de Corinto y Pablo de Samosata, según lo demuestra Santo Tomás en su *Summa Theologiae*...

- Veo que no ignora la Teología, maestro - dijo impresionado el Cardenal - Y volviendo a nuestro problema práctico, señores...su organización, la Sociedad Internacional de Defensa de la Tradición Siciliana, ha entrado en conflicto con el poder espiritual de la Iglesia y con el poder material del Estado. Nosotros no sabemos bien qué buscan Uds. y, para poder convivir todos, es necesario aclarar las cosas y llegar a un acuerdo ...

- A un Concordato - interrumpió Aristóteles, mirando a Monseñor con un extraño brillo en los ojos.

- Estoy pensando en Bonifacio VIII - dijo el prelado - cuya Bula "Unam sanctam" definió como dogma de fe la sumisión de todas las personas a la autoridad de la Iglesia en lo espiritual.

- Un Concordato... - prosiguió Aristóteles como si no lo escuchara.

- Sí - interrumpió Giuliano, tratando de llevar el diálogo a un terreno más firme - no hay motivos para que existan conflictos entre la Omertà y la Iglesia, al fin y al cabo todos somos hijos del mismo Dios. Quiero mostrarle mi generosidad y buena voluntad para con la Iglesia: le ofrezco el 2% de las ganancias de la A.I.D.T.S. como tributo, a condición de que nos apoyen incondicionalmente y convenzan al gobierno de que solo queremos que nos dejen trabajar en paz...

Continuaron discutiendo civilmente por un rato, pero el problema parecía ser de fondo y las soluciones propuestas eran muy superficiales como para constituirse en una solución definitiva.

Uno de los principales aliados que tuvo la Iglesia en este juego diplomático fue la colectividad judía de Nueva York, cuyo número pasaba el millón de personas, y era económica y políticamente muy poderosa e influyente. Los sicilianos se habían adueñado de importantes rubros comerciales que la comunidad judía había explotado en el pasado y esta buscaba recuperar su protagonismo. Pidió a la Iglesia que presionara a la Maffia, para que restringiera su actividad a las áreas más tradicionales, prostitución y drogas, y no se inmiscuyera en la industria del espectáculo ni en la banca. Las otras comunidades religiosas, como la Iglesia Evangelista, la Iglesia Anglicana y la Iglesia Mormona, estaban divididas y segmentadas y no tenían un poder económico y político suficiente para hacer frente a un enemigo ideológicamente tan superior como la Maffia.

La Iglesia Católica hizo lo posible para desprestigiar a la Maffia, utilizando el púlpito para crear falsos rumores y denunciar sus contravenciones legales más flagrantes, pero esto no fue suficiente para convencer al Estado de que se deshiciera de esta. La A.I.D.T.S. tenía poder económico, contaba con una amplia base social y contribuía a la salud general de la comunidad. Había adoptado avanzados métodos comerciales y se había transformado en una aliada clave de la clase dirigente local y nacional. Era una organización colorida, estilizada, que apelaba al estupro y al soborno, y reconocía el valor estratégico del crimen político. Si cayó no fue por falta oficial de apoyo, se debió más bien a circunstancias desgraciadas que referiré. Con el paso del tiempo la corrupción de las costumbres, que ellos potenciaron, había terminado invadiendo su propia organización: lo mismo le había ocurrido a Roma, su madre y hermana mayor, 1500 años atrás.

A principios de 1940 Aristóteles Fascioso se enfermó de gravedad. Su situación afectó negativamente el futuro de la organización. Aristóteles era una figura querida y respetada. Aquellos que habían participado en la batalla de Herald Square en 1929 no podían olvidar su fuerza mística, casi redentora, cuando caminaba, con el Libro en la mano, articulando frases incomprensibles en latín, el idioma sagrado de los descendientes del Imperio, en medio de los combatientes que, con ferocidad, se acuchillaban y degollaban, ni podían olvidar aquella oración conmovedora que había pronunciado frente a la Catedral de Palermo antes que la Armada Invencible se hiciera a la mar para conquistar el Nuevo Mundo. Su astucia política había permitido que el poder de la Maffia se consolidase en forma definitiva en América. Fue el artífice de la Reforma y enseñó a Giuliano el arte de la planificación, el cálculo y la prudencia, haciendo de él un gran líder.

En 1945, al morir, tenía ya 70 años. Durante los últimos cinco años, que coincidieron con el catastrófico desarrollo de la guerra europea, Aristóteles había enflaquecido y enflaquecido. Sus largos cabellos y su barba caían sobre sus hombros y su pecho, adaptándose a las sinuosidades de su figura, y su cuerpo frágil casi flotaba en la túnica blanca, que era su hábito permanente. Tiempo antes de morir casi no se lo veía en público...en diciembre de 1943 Giuliano lo llevó a la calle 42, sosteniéndolo por el brazo, y Aristóteles sonrió y saludó a los piciotti, tratando de mostrar que estaba en control de sus facultades.

Su enfermedad afectó emocionalmente a Giuliano, ocho años más joven que él. Giuliano padecía de largos períodos de depresión. No por eso dejó de ser quien era, y cierta vez que Saluzzi, uno de sus lugartenientes, quiso propasarse en sus atribuciones y modificar sus directivas, creyendo que el hombre estaba acabado, Giuliano, sin vacilar, mandó encerrarle un canario en la boca y, con canario y todo, metido en una barrica de cemento, lo envió al fondo del río Hudson.

Se dice que en 1944, algo recuperado de su dolencia fatal, un lento y doloroso cáncer de duodeno, Aristóteles hizo un viaje secreto a Italia para despedirse de la gente de su lugar natal: Aquino. Allí lo recibió un descendiente de su antiguo amo, el hijo del difunto Vizconde, heredero del castillo de Rocca Secca y las tierras aledañas; Aristóteles visitó la celda donde, con el Abate de Monte Cassino, había estudiado por primera vez el latín y leído la *Summa Theologiae* de Santo Tomás. Una tarde se puso una sotana similar a la que usaba el Abate, su maestro y, rengueando, se paseó por la celda histórica recitando la *Summa Theologiae* con el costado derecho de la boca. Otro día el Vizconde lo encontró en la pieza que ocupaba cuando niño en el castillo leyendo con interés la *Ética a Nicómaco*. Después, Aristóteles se dirigió a Palermo, la vieja capital histórica de la Maffia, y recorrió la ciudad de incógnito, vestido de carbonero. Visitó la antigua carbonería, donde había vivido tres años felices junto a su discípulo Giuliano, durante el período de su adoctrinamiento, y comprendió que en esa época pasada, aún sin saber bien cuál iba a ser su misión en el advenimiento del Imperio, ya era básicamente el que sería. Comprendió, en su retorno a las fuentes, que había cumplido su destino.

Paseó por el Corso Vittorio Emanuele y visitó la Plaza de la Victoria, donde quince años atrás él y Giuliano habían pronunciado discursos triunfales y presenciado el desfile de la Armada, que poco después partiría para América; visitó la Catedral y el Obispado, donde el Obispo lo recibió y dio una cena secreta en su honor, a la que asistieron miembros selectos de la Omertà. Al otro día, el Rector de la Universidad lo llevó a visitar la Biblioteca Nacional, donde había descubierto por azar y leído por primera vez el tratado de Sausone e Ingrasci, *Sei anni di banditismo in Sicilia. Sguardo storico sul brigantaggio e la Maffia in Sicilia*. Luego, los dos hombres pasearon por la Conca d' Oro, conversando sobre la vida en América. A la mañana siguiente lo condujeron a la Cala, desde donde contempló el azul profundo del soberbio Mar Tirreno, y se embarcó de regreso a Nueva York en el "Enricco Carusso", la misma nave capitana que, quince años antes, lo condujera a América con la Armada Invencible.

Durante sus últimos meses de vida, Giuliano no se separó de su lado y lo hizo trasladar de la casa común que compartían en la calle Montague, en Brooklyn Heights, a la oficina de trabajo de la Asociación Internacional para la Defensa de la Tradición Siciliana, en el 9no. piso del edificio de la calle 42 y 8va. Avenida, en Manhattan. Aunque contrató a varios enfermeros especializados para su cuidado, no quería que tocaran su cuerpo y él mismo le cambiaba las ropas. El doloroso cáncer intestinal que lo mataba lentamente había debilitado a Aristóteles a un punto tal que era prácticamente piel y huesos; durante las últimos dos meses de vida ya no pudo tomar alimentos y lo nutrían con suero por medio de sondas; quince días antes de su muerte el cáncer se complicó con una hidropesía y el vientre se le hinchó como el de una mujer embarazada.

Cuando expiró, Giuliano le hizo quitar el agua del vientre para que el cadáver no se viese ridículo; luego, él mismo lo maquilló, lo vistió con una túnica blanca y le hizo aplicar inyecciones de silicoaluminato de potasio para que no diera mal olor. Alquiló para el velatorio la planta baja del edificio de Times Square, en la esquina de Broadway y la 42. Por allí desfiló ante sus restos, presentando al gran hombre sus respetos finales, una muchedumbre de envejecidos excombatientes de la batalla de Herald Square, de italianos habitantes de Little Italy, de autoridades municipales y nacionales, de figuras políticas y eclesiásticas, de jugadores de béisbol, de prostitutas y de representantes internacionales de la A.I.D.T.S. Sus restos fueron sepultados con grandes honores en el New Calvary Cemetery, en el "Prado de la Magna Grecia", donde descansaban las restos de los 20.000 héroes sicilianos que habían caído gloriosamente en combate en la batalla de Herald Square. Sobre su tumba Giuliano hizo erigir un mausoleo con una escultura en mármol blanco que reproducía fielmente la figura de Aristóteles, pero tenía tres veces su tamaño natural, comisionada a un estudiante de la School of Arts de Nueva York, Andy Warhol.

El testamento de Aristóteles no fue imprevisible. Este había renunciado en vida a los bienes materiales. Creía en la misión de la A.I.D.T.S.; la institución era mucho más importante que las individuos que la integraban. Se consideraba un simple consejero de Giuliano, un servidor de la causa. Tenía la modestia propia de los sabios y el desinterés típico de los santos. Como podemos recordar, había rehusado a dar protagonismo a su palabra por encima de la de sus maestros, Santo Tomas y Cutrera, y formaba sus propios discursos con citas de los libros de estos, mostrando su respeto a la tradición y su desprecio por la bárbara innovación en el estilo. En su testamento, redactado de su puño y letra, se limitó a desear la mejor suerte para su amigo y señor Giuliano Pomponio, lo incitó a que desconfiara de sus subordinados y transcribió dos páginas de los libros que habían guiado su vida: la *Summa Theologiae* de Santo Tomas y *La Maffia e i maffiosi* de A. Cutrera. En la transcripción de la *Summa* había recuadrado el mismo párrafo que una vez tuviera colgado en la pared de su cuarto, en el castillo de Rocca Secca, que dice:

> Post actus et passiones, considerandum est de principiis humanorum actuum: et primo, de principiis intrinsecis; secundo, de principiis extrinsecis. Principium intrinsecum est potentia et habitus; sed quia de potentiis in Prima Parte dictum est, nunc restat de habitibus considerandum. Et primo quidem, in generali; secundo vero, de virtutibus et vitiis, et aliis hujusmodi habitibus, qui sunt humanorum actum principia.
>
> *Summa Theologiae*
> I a. 2 ae. 49-54

En su oficina de la calle 42, Giuliano hizo colgar de la pared la réplica del cuadro de Francesco Traini, que Aristóteles había llevado consigo a todos las sitios en que vivió. Este cuadro, como recordará el lector, representaba a Santo Tomás, el Doctor Angélico, rodeado de filósofos y teólogos. Aristóteles había pegado su propia fotografía sobre el rostro del caído Averroes. En el próximo Congreso de la Asociación Internacional para la Defensa de la Tradición Siciliana, celebrado seis meses después de fallecido Aristóteles Fascioso, el 12 de abril de 1946, Giuliano Pomponio propuso designar a su ex consejero, post-mortem, Líder Espiritual Máximo de la A.I.D.T.S. La moción fue aprobada por unanimidad.

Aristóteles no dejó una obra escrita a la posteridad. Rehusaba escribir sobre sus ideas y hablaba en público en contadas ocasiones. Prefería citar la palabra de sus maestros en forma directa. No fue el único hombre sabio que no quiso escribir, y esto no ha sido un impedimento en la historia de la sabiduría para transmitir una imagen simbólica del hombre y de su mensaje; Cristo, que tuvo inspirados biógrafos, no escribió (excepto en la arena y de inmediato borró lo escrito); tampoco Sócrates escribió y Platón, su mentor, prefirió la palabra articulada a la escrita. Esto solo contribuyó a profundizar el misterio sobre la sabiduría de estos elegidos, cuya inspiración fue considerada vasta, divina y universal. Aristóteles, a diferencia de estos últimos, si bien no había escrito, creía en el poder de la palabra impresa. Los mafiosos eran en su mayoría analfabetos pero, siendo hombres modernos, tenían, como nosotros, la superstición del libro, y el intuitivo Giuliano pidió a Andy Warhol que representara a Aristóteles en su escultura con el libro de A. Cutrera, *La Maffia e i Maffiosi*, en la mano, dando así una imagen transcendente y significativa de la sabiduría de Aristóteles a la posteridad. Todos las miembros de la A.I.D.T.S. en el futuro, antes de emprender cualquier acción de interés común, deberían invocar la protección espiritual del Patriarca de Rocca Secca y, luego de haber cometido un error que afectase a la comunidad, tendrían que pedir perdón a su memoria; su nombre presidiría las bautizos, casamientos y defunciones y todos los niños que nacieran el 12 de noviembre, día de su muerte, llevarían su nombre.

En esa misma Asamblea, Giuliano argumentó que los restos de Aristóteles debían ser considerados sagrados y propuso exhumar el cadáver del "Prado de la Magna Grecia" en el cementerio del Nuevo Calvario de Queens y colocar sus restos en el Cuartel General de la A.I.D.T.S., en la calle 42. Todos aprobaron la propuesta de exhumar el cadáver, porque amaban el culto de los muertos y sentían devoción por sus antepasados, pero se suscitó a continuación una discusión entre los capo-maffiosi de las distintas ciudades de Estados Unidos y los representantes de Sicilia, cuyo poder había aumentado luego de la caída de Mussolini, acerca de dónde irían los restos de Aristóteles, pues todos se sentían con derecho a reclamarlos. Finalmente, luego de dos horas de intenso debate, procedieron a votar y, siguiendo la tradición de la Iglesia Católica de la cual eran hijos, dieron a las reliquias del Líder Espiritual el siguiente destino: la cabeza quedaría en Nueva York; el brazo derecho iría a Chicago; el izquierdo a Palermo; el torso sería encerrado en una cripta en su lugar natal, el castillo de Rocca Secca; la pierna derecha iría a Miami; la pierna izquierda a Houston, Texas; la mano derecha a Detroit; la mano izquierda a Rosario, Argentina (reclamada por Ciccio Chico, presente en el Congreso); el pie derecho iría a Washington, D.C. y el pie izquierdo a Los Ángeles. La túnica que usara Aristóteles en su lecho de muerte y sus libros máximos, la *Summa Theologiae* y *La Maffia e i maffiosi*, fueron concedidos a Nueva York.

Giuliano hizo colocar la descarnada calavera de su maestro y consejero en el hall de entrada a su oficina de la calle 42, sobre un pedestal de mármol rojo; pintó la calavera de dorado y colocó bajo ella la siguiente inscripción, en dialecto siciliano:

Este es el verdadero Aristóteles,
espejo de la humana sabiduría.

A un costado, en una vitrina, expuso la túnica blanca del Líder Espiritual, un mechón de su barba, la *Summa Theologiae* y *La Maffia e i maffiosi*. En su oficina, el cuadro de Santo Tomás, con el rostro de Aristóteles reemplazando al caído Averroes, presidía.

La muerte de Aristóteles coincidió con el fin de la Segunda Guerra Mundial. Los años de la guerra habían sido el período de mayor prosperidad económica de la Maffia. Las operaciones durante ese tiempo se habían multiplicado en magnitud y abarcaban varios billones de dólares al año. Esa enorme bonanza, desgraciadamente, creó una separación cada vez más insalvable entre los intereses de la Maffia y los del Estado norteamericano. Durante la guerra el aporte de la Maffia incentivó la economía nacional, y hay quien cree que sin su apoyo Estados Unidos no hubiera podido ganar la contienda. Algunos argumentan que Giuliano ayudó a Roosevelt para vengarse del Duce, que encarceló y humilló a sus compatriotas de la Omertà siciliana (cuando el Duce fue asesinado en Italia en 1943, y su cabeza exhibida en una picota, Giuliano y Aristóteles se regocijaron e invitaron a sus piciotti a brindar con champagne).

Norteamérica, vencedora, prometía transformarse en el nuevo imperio internacional que reemplazaría a Inglaterra, Francia, Alemania y Japón en el dominio del mundo capitalista. Terminada la contienda, ya no necesitaba más el apoyo de la Maffia y su poder resultaba más una amenaza que una ayuda para el Estado. Por más de quince años, Giuliano Pomponio había sido el hombre fuerte de la organización y sus dotes innatas de conductor y estadista habían probado ser muy superiores a las de muchos políticos profesionales Republicanos y Demócratas. La verdad es que Giuliano era un hombre respetado y temido, pero, como otras veces, la Historia misma habría de encontrar los medios para resolver la crisis, y engendrar a los vengadores que liberaran las ruedas de su maquinaria de la odiosa tiranía que podía llegar a paralizarla.

Giuliano era un tirano: disfrutaba de una autoridad absoluta, había transformado la democracia de la A.I.D.T.S. en una parodia y basaba su control interno de la organización en la intimidación y el terror. Al mismo tiempo, era un hombre muy popular, que había llevado a los sicilianos a la victoria de Herald Square, que había hecho de Nueva York el centro internacional de la Maffia y había mantenido el poder por casi dos décadas. Sus hombres no podían dejar de asociar el bienestar de que gozaban a la generosidad de su General Máximo, ni olvidar que esa riqueza era el producto de un botín conquistado por la guerra: la mayoría de los fieles veteranos se identificaban personalmente con su jefe.

Los que celaban el poder de Giuliano hablaban de las libertades perdidas e invocaban la necesidad de resguardar y proteger a la A.I.D.T.S. de los peligros que la amenazaban. Mientras duró la 2da. Guerra Mundial y la organización se mantuvo en un extraordinario apogeo económico hubiera sido imposible derrocar a Giuliano (a pesar que un sector dentro de la A.I.D.T.S. se le oponía y reclamaba sus derechos democráticos) pero, terminada la Guerra Mundial, el poder de Giuliano parecía exagerado y él no se mostraba partidario de compartirlo ni dividirlo. Muchos deseaban que cayera. La Iglesia, los partidos políticos americanos, las corporaciones, todos los que de una manera u otra habían participado y contribuido a la Guerra, se sentían vencedores y esperaban recoger sus ganancias: para ellos, Giuliano era un competidor que tenía sus intereses propios y representaba un obstáculo.

La muerte de Aristóteles marcó el principio del fin; solo, sin su consejero, Giuliano no sabía razonar. Giuseppe Mastrogiusseppe lo instó a reunirse con diversas figuras políticas y personalidades del mundo financiero para tratar de establecer acuerdos, pero Giuliano, como si buscara su propia caída, se negó a escucharlo una y otra vez. Solía encerrarse en su oficina de la calle 42 y, por la noche, cuando nadie podía verlo, se paraba frente al pedestal de mármol rojo que sostenía la calavera de su maestro y permanecía en actitud meditativa por un largo rato.

La nostalgia de Giuliano por su amigo era tan grande que entraba en continuos ciclos depresivos. Una vez, Giuseppe Mastrogiusseppe, para ayudarlo, le propuso ver a un famoso espiritista de Harlem, un mestizo hijo de padre griego y madre africana, que podría hacerlo comunicar con el espíritu de Aristóteles dondequiera este estuviese. Giuliano aceptó y el hombre se presentó en su oficina una noche llevando en sus brazos un cordero blanco; después de una complicada ceremonia el hombre sacrificó el cordero con un cuchillo filoso y lo asaron sobre un brasero en la escalera de incendio que daba a la parte trasera de la oficina de Giuliano; cuando estuvo cocinado se sentaron a la mesa en la Sala de reuniones y comieron el animal con bastante vino. Una vez que terminaron de comer el mulato dijo a Giuliano que se durmiera, porque el espíritu de Aristóteles solo podía aparecer si él estaba dormido; a las cinco y media de la mañana, poco antes de que amaneciera, el mulato lo despertó y le preguntó si había visto a Aristóteles y Giuliano respondió que sí; contó que lo había encontrado en un valle, a orillas de un río y con él estaba un hombre que le pareció conocido, y Aristóteles le dijo que era su maestro, Santo Tomás, que tenía la misma cara del hombre que estaba en el centro del cuadro de su oficina. Aristóteles siguió hablando con él, pero no podía entender lo que le decía; se lo veía sereno y contento y cuando quiso abrazarlo desapareció, y Santo Tomás también, como si fueran las formas de un sueño.

Después de esa sesión feliz Giuliano estuvo un poco más animado; una tarde fue al Prado de la Magna Grecia, en el Cementerio del New Calvary, en Queens, a visitar el mausoleo erigido en memoria de su amigo, y allí se paró frente a la estatua hecha por Andy Warhol, que reproducía con fidelidad las facciones del rostro y las proporciones del cuerpo de Aristóteles, pero era tres veces más grande que su modelo original, y estuvo conversando con la estatua por un largo rato. Durante las dos o tres semanas siguientes se lo vio mucho mejor, pero luego volvió a experimentar sus crisis periódicas de depresión otra vez.

Sin un vengador, sin un tiranicida, su historia podría haberse prolongado por muchos años y Giuliano Pomponio hubiera acabado sus días, probablemente, envenenado en la Prisión de Alta Seguridad de Alcatraz, pero la Historia había generado su vengador para que su proceso fuese circular y simétrico, y diese materia simbólica al arte vacilante de los futuros poetas. Este se llamaba Nerón Faruggio y era hijo ilegítimo de Rómulo Galante, que lo había concebido con una de las criadas de su casa, trece años antes de encontrarse con su destino en la batalla de Herald Square. Todos sabían que era su hijo, pero Rómulo no lo quiso reconocer legalmente, porque la Maffia penaba el adulterio, y le puso por apellido el nombre del pueblo de Sicilia donde había nacido la madre del chico. A pesar de esto Nerón Faruggio creció en el palacio de Brooklyn de los Galante, con todos los privilegios propios de un hijo del Capo Máximo de la Maffia americana.

Después de la batalla de Herald Square, los vencedores expropiaron las posesiones de la familia Galante; Agrippina, la madre de Nerón, fue despedida del servicio de la familia y se fue a vivir con su hijo al Lower East Side de Manhattan, en un conventillo de la calle Delancey, próximo a la entrada del Williamsburg Bridge. La mujer se ganaba la vida miserablemente como sirvienta, limpiando oficinas por la noche; los sueldos estaban siempre por debajo del salario mínimo y Agrippina tenía que trabajar doce horas diarias, seis días a la semana, para poder subsistir; el séptimo día, el domingo, con el resto de fuerza que le quedaba, iba a la taberna, a emborracharse.

Nerón, hasta los trece años, cuando murió Rómulo, estudió con tutores privados que anualmente le presentaban los exámenes oficiales del Board of Education de Nueva York y él aprobaba con las mejores notas. De esa educación exclusiva en los jardines de una mansión de Brooklyn, Nerón pasó a una Escuela Pública del ghetto del Lower East Side, en las calles Essex y Delancey. Mientras vivía con la familia Galante, jamás se le había negado su derecho de hijo y, en las nuevas circunstancias que tuvo que enfrentar, Nerón se sintió desheredado por un impostor. La escuela pública "Ulyses Grant" no presentaba un programa convencional de educación; a ella asistían adolescentes negros, hispanos y chinos del Lower East Side; también unos pocos judíos, irlandeses e italianos. Los polacos, que antes abundaban, habían sido desplazados por los irlandeses, que se preciaban de ser los únicos blancos de pelo rubio en el barrio. Casi todos eran hijos de obreros con familias numerosas, y el hambre y el desempleo eran endémicos en el área.

Los chicos se habían criado en las peligrosas calles del ruinoso y colorido ghetto, donde podían escucharse todas las lenguas, y en el que los económicos restaurantes chinos y puertorriqueños alternaban con las verdulerías italianas y los tenderetes de los mercachifles judíos. Las habilidades máximas de los adolescentes eran el uso de las armas blancas y el manejo de cachiporras de distintos estilos y formatos; no empleaban ganzúa porque la policía sólo se atrevía formalmente con el barrio, y cada vez que decidían "expropiar" a algún vecino usaban ostentosamente una barreta; si encontraban inquilinos en la casa, procedían a desalojarlos (se trataba mayormente de mujeres y niños, ya que para evitar accidentes actuaban durante las horas en que los hombres estaban en el trabajo) y luego se dedicaban a "rescatar" todos los objetos de valor para su posterior reducción en alguno de los comercios de artículos usados del barrio.

Estaban organizados en pandillas, generalmente siguiendo líneas raciales; las más notorias eran la "Black Gold" (Oro Negro), la "Dragon Thunder" (Trueno de Dragón) y la "José Martí". Nerón, por pertenecer a un grupo racial minoritario dentro del barrio (que era fundamentalmente chino, hispano y negro) formó parte de la "Motley Gang" (Pandilla de los Retazos), nombre que le dieron burlonamente las otras pandillas y esta, como un desafío, adopto para sí . La integraban adolescentes judíos, irlandeses e italianos. El jefe de la "Motley Gang" era un judío de catorce años, Moisés Goldberg; usaba una coleta de chino y no portaba armas, pero había alcanzado un cinturón negro en la práctica del jiujitsu en el Club Policial de la ciudad (su padre era Sargento de la Policía en el ghetto judío negro de Williamsburg, en Brooklyn) y era el más temido en la lucha cuerpo a cuerpo; hacía gala de una gran crueldad y nunca terminaba una pelea sin quebrar antes una pierna o un brazo a su enemigo. Su autoridad era absoluta y los demás muchachos acataban sus dictados sin discutirlos.

Dentro de la escuela "Ulyses Grant" los miembros de estas pandillas iban a distintas clases y grados. Nerón entró a 9no. grado, pero sus conocimientos eran muy superiores a los de sus compañeros, muchachos prácticamente analfabetos que en su mayoría no podían leer ni escribir correctamente. Las clases se desarrollaban con irregularidad; por lo general los maestros terminaban la hora sin haber empezado el tema del día; las clases de Lengua Inglesa se transformaban en una lección de insultos y malas palabras; las de Matemáticas eran nominales, porque el concepto de operaciones con números resultaba totalmente ajeno a las preocupaciones mentales de los muchachos. Las que más les interesaban eran las de Química, que les permitían conocer las fórmulas de ácidos y explosivos, y las de Mecánica, donde aprendían los secretos de los motores. También las de Religión, aunque entendían el tema de manera distorsionada y las consideraban clases de literatura.

La escuela tenía tres guardias armados para controlar la seguridad y evitar los conflictos, pero estos nunca pasaban del hall de entrada del edificio: los salones de clase y los corredores eran del control exclusivo de los estudiantes. Los maestros, por prudente autodefensa, los dejaban hacer a su gusto, y a fin de año eximían a toda la clase. Los principales motivos de peleas eran las rivalidades amorosas; estaban siempre en competencia por el control de tal o cual grupo de niñas, y estas formaban parte del botín de la lucha; el mayor problema de la escuela era el alto porcentaje de adolescentes embarazadas. La tuberculosis había hecho estragos en el barrio y se calcula que uno de cada cinco adolescentes había contraído el mal.

Si bien Nerón era miembro de la "Motley Gang", que dirigía Moisés Goldberg, pronto empezó a simpatizar con algunos de los muchachos de la pandilla hispana "José Martí". Las bandas estaban siempre enemistadas entre sí y había constantes disputas de territorio. Los de la "José Martí" permitían que Nerón entrase en su zona, pero debía ir solo. Moisés interpretó la actitud ambigua de Nerón como un desafío a su autoridad y lo conminó a permanecer dentro de los límites territoriales de la "Motley Gang", pero Nerón Faruggio era en realidad un Galante, llevaba en sus venas la sangre de su asesinado padre y estaba hecho para mandar. En un principio acató las órdenes de Moisés; luego, en cuanto tuvo la seguridad de que su nombre no le era indiferente a ninguno de los miembros de la pandilla, se rebeló. Moisés les había ordenado que asaltaran esa tarde a una viejita jubilada que vivía en Orchard Street; sabían que había cobrado el cheque de la jubilación ese mismo día y la ganancia estaba garantizada. Nerón se negó a ir porque la viejita, mintió, era conocida de su madre. Moisés lo trató de cobarde y, para su sorpresa, Nerón lo desafió a pelear. La pandilla creyó que Nerón estaba loco; Moisés era un muchacho atlético y fornido, experto yudoca, invencible en la pelea cuerpo a cuerpo; Nerón en cambio era flaco y esmirriado, con aspecto de tuberculoso.

Acordaron que la pelea sería debajo del puente Williamsburg, al atardecer. Aparentemente Nerón visitó el lugar un rato antes y ocultó una barreta de fierro en una cuneta, junta al cordón de la acera. Asistieron al encuentro todos los miembros de la "Motley Gang" y algunos de los de la "José Martí", que se habían enterado. Al comienzo de la pelea, como era de esperar, Moisés golpeó duramente a Nerón y empleando llaves de yudo lo arrojó de cabeza varias veces contra el empedrado; este sangraba mucho por la nariz y tenía un corte en la ceja y su esfuerzo por defenderse no hacía más que aumentar la furia del otro; cuando ya los miembros de la banda empezaban a reírse del valentón que había pretendido desafiar al Jefe, Nerón se arrastró hasta la cuneta, sacó la barreta y blandiéndola fue hacia Moisés y le dio un feroz golpe en el antebrazo, que se quebró con un ruido seco. Moisés gritó de dolor y el brazo le colgó muerto a un costado. Un murmullo de estupor se levantó de la concurrencia: Nerón, abominablemente, había vencido. En el Lower East Side esa táctica de combate era considerada legítima, y probaba que la sagacidad, el cálculo y la crueldad podían triunfar contra la fuerza. Nerón había demostrado, con su acto, temeridad, coraje y decisión: desde ese momento fue el jefe natural del grupo y Moisés se transformó en su más fiel subordinado.

Como Jefe de la pandilla Nerón no fue demasiado diferente a los otros jefes de pandilla; bajo su mando los muchachos empleaban el tiempo en aterrorizar a las familias del ghetto, robaban mercancías a los mercachifles judíos, incendiaban los edificios abandonados, envenenaban gatos y perros y, de vez en cuando, abusaban de algunas de las chicas del vecindario. El jefe era el encargado de hacer tratados e iniciar guerras con las otras pandillas, y Nerón fue desarrollando su capacidad política, gracias a la cual alcanzaría un día posiciones de responsabilidad dentro del crimen organizado. Se había hecho amigo de Jesús Colón, un hispano mestizo compañero de la escuela, que pertenecía a la pandilla "José Martí" (el origen del nombre de esta pandilla es interesante: unos estudiantes de Ia Escuela de Arte Hispano de El Barrio, durante una campaña para embellecer los ghettos de la ciudad, habían pintado un fresco con la figura de Martí en la pared medianera de un edificio abandonado de la calle Northmore; la pandilla se reunía usualmente en ese edificio, al que terminaron llamando "el José Martí"; luego, las otras pandillas los identificaron a ellos con el nombre del edificio).

Jesús tenía fama de valiente y se decía que era el brazo derecho del jefe de la "José Martí", Washington Rodríguez, alias "El Caballo", y esto no era poco, porque ya habían hecho algunos robos mayores (entre ellos, un robo a una proveeduría, en el cual hirieron de bala a un policía) y Nerón convenció a Jesús que le arreglara una entrevista con "El Caballo" para discutir asuntos de importancia. El resultado de esa entrevista era previsible: las dos bandas se unieron bajo la jefatura de Nerón y "El Caballo" pasó a ser su lugarteniente. Así fortalecidos, los miembros de la nueva "Motley Gang" hicieron valer sus derechos frente a las pandillas "Black Gold" y "Dragon Thunder", y les declararon la guerra. La "Dragon Thunder", compuesta en su mayoría por adolescentes chinos, no resistió mucho y acabó desbandándose; algunos de sus miembros se pasaron a las pandillas de Chinatown, cuya principal actividad era el estupro de los comercios locales, y el resto se integró a la "Motley Gang", aceptando la jefatura de Nerón. A los "Black Gold" no los pudieron derrotar completamente y aceptaron mantener con estos una relación relativamente pacífica de convivencia.

La nueva "Motley Gang" participaba regularmente en las fiestas hispanas del Lower East Side; se hacían bailes de rumba, merengue y chachachá, con cuatro orquestas en vivo, que tocaban ininterrumpidamente desde las nueve de la noche a las cuatro de la mañana, y las miembros de la pandilla eran bien recibidos. Al final de los bailes se llevaban por la fuerza a alguna de las muchachas y entre todos la violaban en una casa abandonada; antes de dejarla ir, la amenazaban con matarla si contaba lo que había pasado. Estos años de educación formal y aprendizaje continuaron hasta que Nerón tuvo dieciocho años; en esa época, él y muchos de los muchachos de Ia "Motley Gang" se recibieron de bachilleres en la Escuela "Ulyses Grant".

Entonces, un hecho doloroso ocurrió en la vida de Nerón, interrumpiendo todos esos años de adolescencia irresponsable: Agrippina, su madre, murió de tuberculosis. Nerón tuvo que salir a buscar un trabajo estable para mantenerse. Dejó la banda de adolescentes que lideraba y, creyendo que sus antecedentes le habían dado un nombre, fue a pedir empleo en las bandas de pistoleros profesionales. Se dirigió primero a Chinatown, un barrio más progresista y en mejor situación económica que el Lower East Side. Allí los jefes de las bandas se le burlaron y lo escarnecieron, le dijeron que había sido rey de un basurero, y que se volviera a su ghetto a robar a los mendigos y recolectar desperdicios. Nerón contuvo su rabia y fue a pedir trabajo a la familia Bonanno, que pertenecía a la A.I.D.T.S. y tenía control de Little Italy; aclaró su origen italiano, dijo que su apellido era Faruggio y mantuvo en secreto su ascendiente paterno. Papá Bonanno, para probar su valor, lo mandó a liquidar a uno de los chinos de la banda más poderosa de Chinatown; Nerón, vengándose de la humillación que había padecido, hizo su labor con creces y le trajo a Papá una bolsa de malla llena de hortalizas y vegetales, entre los que estaban los genitales de la víctima. Desde entonces, su valor, su prudencia y su tacto político le aseguraron una rápida carrera dentro de la Maffia, que en esos años estaba en plena expansión.

Cuatro años después, en 1938, Nerón era hombre de confianza y guardaespaldas de Papá Bonanno y, al año siguiente, cuando contaba con veintitrés años, Papá le dio un puesto administrativo y político dentro de la organización como encargado de la distribución de drogas en el Lower East Side. Nerón fue un administrador eficaz y competente y los méritos de su gestión llegaron a oídos de Giuliano Pomponio; en 1941, Papá Bonanno lo llevó ante el Caudillo Máximo de la Maffia y lo presentó; al conocer al asesino de su padre, Nerón abandonó su ambición personal de poder y decidió dedicar su vida a un fin más alto y generoso: vengar a su padre.

Cambió sus hábitos violentos y ostentosos (que le habían creado bastantes enemigos) y se volvió un hombre tranquilo y sedentario. Aristóteles llegó a tomarle simpatía y lo relevó de la distribución de drogas en el Lower East Side, cargo peligroso y comprometido, haciéndolo nombrar administrador de diez casas de prostitución en Chinatown y Little Italy, puesto de responsabilidad pero más burocrático, que estaba reservado para los piciotti de probada honestidad. Tenía pocos amigos personales, no bebía y jamás usaba a ninguna de las prostitutas que empleaba para su propio placer; se comentaba que era impotente, pero todos lo respetaban porque creían en él, sabían que era un administrador eficaz y un hombre fiel e incondicional a la A.I.D.T.S.

Cuando en 1945 murió Aristóteles, Nerón comprendió que su hora había llegado. Durante los tres años siguientes se esforzó en ganar la confianza de los capo-maffiossi de Greenpoint, South Bronx, Harlem, Chelsea, Greenwich Village y otros distritos de la ciudad; no quería cometer un error, porque el sagaz Giuliano había desbaratado ya varias conspiraciones, y la rebelión contra la autoridad se pagaba comiéndose un canario vivo y yéndose a dormir al fondo barroso del Hudson o del East River. Trató de hacer comprender a los otros que la dictadura de Giuliano estaba poniendo en peligro a la Maffia como institución, y que los políticos norteamericanos, por culpa de él, los veían como un peligro para sus propios intereses; para solucionar eso tenían que dividir el poder de la Famiglia, devolver sus derechos a los miembros constituyentes, en una palabra, desmonopolizar; volver a actuar en secreto, invisibles al poder del estado, para que los dejaran en paz y preservar el núcleo básico fundamental de su poder. No era conveniente, creía, intervenir en las altas esferas de las finanzas, como lo habían hecho varias veces, bajo la jefatura de Giuliano, porque el capital americano se sentía amenazado. Propuso concentrarse en los renglones que tradicionalmente les habían pertenecido: la prostitución, la droga y el juego; las inversiones industriales, sostenía Nerón, debían suspenderse e invertir ese dinero en propiedad inmobiliaria; la Famiglia, siempre había basado su fortuna en Ia propiedad de la tierra.

Como se ve, las ideas de Nerón contradecían el espíritu de la Reforma, que había llevado a la Maffia a la cumbre de su poder. Equivalían a una verdadera Contrarreforma, que los llevaría a la Restauración del viejo método folklórico y localista de la antigua Maffia. Estarían renunciando a la modernización capitalista que había logrado Giuliano Pomponio. Semejante involución no hubiera sido posible (como desgraciadamente lo fue) si Aristóteles hubiese vivido, pero Giuliano, solo, no tenía ni la energía ni la lucidez necesarias para llevar adelante la organización. Sus estados depresivos eran cada vez más graves y descuidaba sus obligaciones ejecutivas como Presidente. El gobierno norteamericano, además, preocupado por el crecimiento constante de la Maffia durante los años de la guerra, estaba interesado en que Giuliano cayera, y el F.B.I. había infiltrado entre sus filas a varios hombres que le informaban cuidadosamente de todas sus actividades. El prestigio de Nerón dentro de la oposición secreta al Caudillo Máximo de la Omertà se fue haciendo más sólido, y en 1947 los capo-maffiossi de Nueva York lo designaron su representante ante el Comité Central. Los representantes zonales se reunían semanalmente con Giuliano y Giuseppe Mastrogiusseppe en la Oficina Central de la calle 42, para informar a la A.I.D.T.S. sobre los pormenores de la administración de los distritos.

En 1948 Giuliano desoyó la solicitud del Gobernador de Nueva York, T.D. Dwight, de que vendiera a la ciudad las acciones de la compañía internacional de comunicaciones I.T.T. La Maffia era dueña del 20% de su capital y el gobierno no quería que participara más en áreas que ellos consideraban de importancia estratégica. Ante la negativa de Giuliano, el Gobernador inició una campaña represiva contra la Omertà. En el curso de una semana cerró ciento cincuenta casas de prostitución, doce casinos clandestinos y decomisó ciento setenta kilos de cocaína. Los capo-maffiossi y los piciotti se indignaron ante la terquedad de Giuliano; cuando fueron a verlo, este no quiso recibirlos. Esa noche, comprendiendo que la situación se había vuelto insostenible, planearon asesinar al tirano. Nerón pidió y obtuvo el derecho de dar el primer golpe. Tendría lugar el día 15 de septiembre de 1948, en el aniversario de la Batalla de Herald Square, cuando Giuliano los recibiera para oír el informe semanal de las actividades de la organización.

Giuseppe Mastrogiusseppe, que vivía en la planta baja de la mansión de Giuliano, en la calle Montague, en Brooklyn Heights, declaró posteriormente que la víspera de su asesinato Giuliano había estado con fiebre, y durante la noche había tenido pesadillas y se levantó varias veces; por la mañana le contó que en una de sus pesadillas se le había aparecido Aristóteles, señalándole la esfera de espejos que estaba en la cúspide del edificio de Times Square, y él vio con horror como la esfera del Tiempo se llenaba de sangre. Mastrogiusseppe lo incitó a que ese día no fuera a su oficina de la calle 42 y se quedara en cama, proponiéndole dirigir la reunión programada en su lugar, pero Giuliano se negó.

El 15 de septiembre, diez minutos antes del mediodía, Giuliano recibió a los conjurados en el hall de su oficina, donde estaba el pedestal con la calavera de Aristóteles. Nerón se adelantó y gritando: "¡Muera el tirano!", dio la primera puñalada; Giuliano se abrazó a él sin violencia y sin proferir una queja; lo miró a los ojos, sorprendido, sin saber que estaba mirando al hijo y vengador de Rómulo Galante. Instintivamente los otros asesinos se detuvieron, esperando que el Gran Tirano pronunciara las palabras finales que coronaran su muerte, y que los poetas repetirían para la memoria de las generaciones venideras. Giuliano Pomponio emitió un gruñido y, mirándose la herida, dijo, con voz quebrada e infantil: "Me duele", se cubrió la cara con el costado de su chaqueta y cayó de rodillas frente al pedestal de Aristóteles. Entonces, los otros conjurados se abalanzaron sobre él y lo apuñalaron repetidas veces, compartiendo la responsabilidad de la culpa. Las ropas se le mancharon de sangre, pero nadie le descubrió la cara para espiar los visajes de la agonía. Cuando ya había dejado de respirar, Nerón sacó una rata muerta de su portafolio y se la introdujo en la boca.

La noticia del asesinato de Giuliano Pomponio se extendió de inmediato por todo el mundo de la Maffia, y también por el otro. Los conjurados llamaron a los capo-maffiossi de las distintas regiones a una Asamblea Provisional, en la cual Nerón Faruggio explicó a los presentes, en un discurso sincero, que el único interés de los sublevados al asesinar a Giuliano Pomponio había sido liberar a la A.I.D.T.S. de un tirano que, llevado por su ambición personal y su amor al poder, amenazaba destruir a toda la Famiglia de la Omertà. Ellos, por el contrario, no querían para sí ningún beneficio, y depositaban en manos de los representantes de la Omertà la capacidad de decisión que les había sido injustamente arrebatada. Los concurrentes aprobaron esa acción altruista; quien más, quien menos, todos se habían sentido personalmente agraviados por el éxito duradero de Giuliano en la administración de la A.I.D.T.S., resentían y envidiaban su poder, y no les resultó difícil justificar su asesinato. Nombraron como Presidente Provisional de la A.I.D.T.S. a Giuseppe Mastrogiusseppe y Papá Bonanno pasó a ser el Secretario General.

La muerte de Giuliano Pomponio aceleró el proceso de decadencia y la pérdida de poder de la Maffia. Giusseppe Mastrogiusseppe, presionado por influyentes personalidades políticas y por la facción responsable del asesinato de Giuliano, retiró las inversiones que la A.I.D.T.S. tenía en las principales corporaciones norteamericanas e invirtió el capital en tierras y otras actividades económicas menos productivas. Los capo-maffiossi más progresistas, disconformes con el cambio, pronto mostraron su malestar y se renovaron los conflictos internos; algunas ciudades se declararon en sedición; Chicago, liderada por un sobrino de Capone, que estaba casado con la hija del Intendente Dailey, se negó a pagar los impuestos a la Tesorería de la A.I.D.T.S. en Nueva York, alegando malversación de fondos; de inmediato comenzaron los asesinatos y las bombas. Cuando seis meses más tarde explotó en pleno vuelo un avión DC9 de Eastern Airlines en que viajaba el capo-maffia de Chicago, la reacción de las ciudades del interior fue tal que Nerón pidió a Mastrogiusseppe que delegara en su persona la Presidencia Provisional de la organización para evitar el caos, pero éste rehusó. A la semana siguiente Mastrogiusseppe amaneció muerto en la mansión de Brooklyn Heights: había sido envenenado; Nerón Faruggio fue nombrado Presidente Provisional y su primer acto de gobierno consistió en convocar un Congreso General de la A.I.D.T.S. en el Madison Square Garden.

Al abrirse el Congreso, al que asistieron 360 capo-maffiossi de todo el mundo, acompañados de sus guardaespaldas y numerosos piciotti, Nerón Faruggio, en un discurso inaugural, hizo la apología del crimen del tirano y traidor Giuliano Pomponio, declaró que su verdadero apellido no era Faruggio sino Galante, y que él era el hijo natural y verdadero heredero político de Rómulo Galante, el más grande cappo-maffia en la historia de la Omertà. Si la loca ambición no hubiera llevado a Giuliano Pomponio a usurpar el poder legítimo de Rómulo Galante, en esos momentos la Famiglia no estaría al borde de la disolución y la guerra civil; lo que hacía falta, afirmó Nerón, era una Restauración de los principios fundamentales sobre los que se había fundado la Maffía: el respeto del honor, la familia, la propiedad y la tradición. Acto seguido presentó su renuncia como Presidente Provisional y delegó su poder en el Congreso. Luego de varios días de acaloradas discusiones, en que las distintas camarillas políticas debatieron sus proyectos e hicieron lo posible por asegurarse un lugar destacado en la nueva administración, el Congreso, como era de prever, designó a Nerón Galante Presidente Vitalicio de la A.I.D.T.S., y le dio Poderes Extraordinarios para llevar a cabo la Restauración.

Investido del poder máximo, Nerón Galante inició su gobierno purgando a la Maffia. Persiguió a los que habían sido los partidarios más fieles de Giuliano Pomponio y tenían su misma filosofía. Pomponio, para la historia de la Maffía, pasaba a ser un impostor y un bandido, y sus ideas sinónimo de traición a los ideales de la Famiglia. Nerón no tocó, sin embargo, la figura de Aristóteles, que todos veneraban más allá de las circunstancias políticas, y declaró que había sido un santo, engañado por el perverso Giuliano, que lo mantenía apartado de la realidad. El F. B. I., los políticos Demócratas y los Republicanos, respiraron aliviados ante el cambio. La relación con el Estado se estabilizó y los gobernantes dejaron de ver en la Maffia una amenaza para su propia autoridad.

Nerón Galante no pudo impedir la fragmentación y disolución del Imperio. Cinco años después de iniciada la Restauración, el poder de la A.I.D.T.S. era nominal y aparente: la Maffia se había dividido en una serie de feudos, que entraban constantemente en conflicto entre sí por problemas de dinero y de control territorial, y ninguno de los cuales podía clamar el dominio total de la organización. Las luchas entre facciones se hicieron más violentas y las vendettas destruyeron a muchas familias. En 1954, el F. B. I. calculó que el capital controlado en esos momentos por la Maffia era sólo el 20 % del capital que poseía en 1948; las malas inversiones y las desavenencias entre los grupos habían provocado ese caos y destruido el Imperio. A pesar que el poder global de la Maffia disminuyó, su presencia se hizo mucho más visible: los pequeños señores de la Omertà volvieron a cultivar el color local, realizaron asesinatos espectaculares y reforzaron los anticuados prejuicios familiares, que los habían hecho, desde siempre, los preferidos de satiristas y autores de comedias. Los tiempos de esplendor de la Maffia pasaron a ser una historia del pasado; a ellos, como a tantos otros, les tocó dejar atrás su mejor época.

Y esta, querido lector, ha sido la historia de la Maffia en Nueva York. A lo largo de estas páginas te he contado quiénes fueron Giuliano Pomponio y Aristóteles Fascioso y las circunstancias de su admirable colaboración y amistad, el injusto ataque del Duce Mussolini a la Omertà de Sicilia, la decisión heroica de Giuliano de conquistar América, el enfrentamiento de Giuliano Pomponio y Rómulo Galante y la batalla de Herald Square, la Reforma de la Maffia americana, el venturoso imperio de la A.I.D.T.S., la muerte y beatificación de Aristóteles, la caída e injusto asesinato de Giuliano Pomponio a manos de Nerón Galante y la Restauración del Antiguo Régimen y Decadencia de la Maffia.

Hoy, cuando algún maffioso, rumboso y colorido, elemental en su sentido del honor, sin otra ambición que la de ser rufián de burdel, levantador de juego menor o vendedor ambulante de drogas, cuando no matón de comité, cobra exagerada y momentánea fama, por algún crimen exótico o una estafa equívoca e ingenua, yo pienso con pena y melancolía en la suerte de la Maffia, una cultura otrora tan elevada y venturosa, a la que sólo le ha quedado el color local y el pintoresquismo como único consuelo, a cambio del destino de grandeza que le fue negado. Los antiguos hechos heroicos de la Maffia se han convertido en literatura, más mala que buena; los maffiosos actuales nos parecen personajes inverosímiles y la prensa amarilla utiliza sus desventuras como temática de mal disimuladas sátiras. La Maffia, que ha tenido tanto poder, hoy ha perdido realidad. Yo me pregunto, ¿quién habrá usurpado su imperio, quién sus luchas y su espíritu heroico, quién su cultura del crimen, la explotación y el estupro?

Nos faltan en nuestro tiempo, para que volvamos a creer en la literatura, historias verdaderas de héroes y conquistadores que representen el espíritu de acero del hombre contemporáneo con la misma fidelidad, determinación y grandeza con que una vez lo hicieran Giuliano y Aristóteles en su ascenso mancomunado hacia el poder y en la creación y consolidación de su Imperio. Es cierto que, como héroes, no fueron excesivamente morales, ni eran tampoco demasiado inteligentes, nobles y honestos; es verdad que sus métodos de trabajo incluían el despojo, la explotación y el crimen, pero, querido lector, ¡son héroes modernos! Es el tipo de héroe que produjo la sociedad de su tiempo, víctima de la competencia despiadada, las luchas de poder y el incesante afán de riqueza y dominio. Reflejaron sus impulsos con cierta extravagancia, a veces cayeron en el ridículo, pero supieron entretenernos con ese humor que ostentan con ingenuidad los italianos, los descendientes de la antigua Roma.

En su momento, Nueva York primero, y luego toda Norteamérica, se rindieron ante la seducción de esos dos canallas y los recibieron como a hijos de su carne. En estas páginas, he querido dejarte testimonio de sus hechos ejemplares; en ellos, no sólo podemos encontrar la epopeya de nuestro tiempo, sino también nuestra comedia y nuestro carnaval. ¡Dichosa la generación que aprende a reír!

www.ingramcontent.com/pod-product-compliance
Lightning Source LLC
Chambersburg PA
CBHW051838170626
46807CB00003B/1243